Klarant Verlag

Jan Olsen ist das neue Pseudonym eines seit 1991 in verschiedenen Genres erfolgreichen Schriftstellers. Jan ist mit einer Hebamme verheiratet, hat drei inzwischen erwachsene Kinder und darf sich seit Kurzem auch Großvater nennen. Als Kind des Nordens ist er der Nordsee mit all ihren rauen und lieblichen Facetten besonders zugetan und ließ kaum eine Ferienzeit verstreichen, ohne diese Gestade mit seiner Familie zu besuchen. Auch heute noch stehen Ferien an der Nordsee jedes Jahr auf dem Programm. Seine Vorliebe für die Nordsee und die dort lebenden Menschen kann er in seinen Ostfrieslandkrimis nun nach Herzenslust ausleben.

Jan Olsen

Die Leiche im Deichhaus

Ostfrieslandkrimi

Klarant Verlag

Copyright © 2022 Klarant GmbH, 28355 Bremen
Klarant Verlag, www.klarant.de – www.ostfrieslandkrimi.de
ISBN: 978-3-96586-526-6
1. Auflage 2022
Umschlagabbildung: Klarant Verlag

Kapitel 1

Hauptkommissarin Ruth Fasan beugte sich über das Lenkrad ihres kirschroten VW up! Nervös strich sie sich eine Strähne ihres dunklen, lockigen Haars aus der Stirn und spähte mit skeptischer Miene nach draußen. Der Kleinwagen schaukelte bedenklich, während er in gemächlichem Tempo den mit Schlaglöchern übersäten Pfad entlangrollte. Links und rechts erstreckten sich Reihen aus drei Meter hohen Maispflanzen. Die dicht gesäten Gewächse mit ihren dunkelgrünen, länglichen Blättern und den kolbenförmigen Fruchtansätzen gediehen prächtig. Sie bedrängten die Schotterpiste förmlich, die eine schnurgerade Schneise durch sie hindurch schnitt. Mit trockenem Rascheln und Schaben, das bis ins Innere des Wagens drang, strichen die Blätter über die Karosserie und die Seitenfenster.

Obwohl die Augustsonne in ihrer vollen Pracht am blitzblauen Himmel stand, war die Treckerpiste wegen der sie umgebenden Pflanzen in Schatten getaucht. Die Hitze flirrte über dem Boden und der Wagen zog eine nebelige Staubwolke hinter sich her. Mehrere Hundert Meter voraus zeichnete sich die Böschung eines niedrigen Deiches ab, der gleichzeitig auch das Ende des Maisfeldes markierte.

Die Umgebung erschien Ruth ein wenig unheimlich. Ein Eindruck, an dem auch der postkartentaugliche Sommerhimmel nichts ändern konnte. »Bin ich hier denn wirklich richtig?«, murmelte sie zweifelnd.

Seit gut zwei Monaten verrichtete Ruth Fasan nun ihren Polizeidienst in Greetsiel, und natürlich gab es für sie in diesem Landstrich noch viel Unbekanntes zu entdecken. Die ostfriesischen Gefilde hielten viel Staunenswertes bereit. Die Weite der Landschaft wirkte bestechend, und die Menschen, die hier lebten, verblüfften Ruth mit ihrer unkomplizierten Art und ihrer Bodenständigkeit immer wieder aufs Neue. Dass es richtig gewesen war, ihre Zelte in Hamburg abzubrechen und in Ostfriesland ein neues Leben zu beginnen, daran hatte die Hauptkommissarin bisher nur selten gezweifelt. Die Stelle in der neuen Polizeistation in Greetsiel anzunehmen, war eine gute Entscheidung gewesen, vielleicht sogar die beste, die sie seit Langem getroffen hatte.

Der malerische Fischerort lag rechter Hand hinter dem Maisfeld verborgen. Die hohen Gewächse verstellten den Blick auf die schmucken Einfamilienhäuser ebenso wie auf das gesamte Umland. Es kam Ruth so vor, als würde sie eine enge Gasse entlangfahren.

Sie warf einen flüchtigen Blick auf ihr Smartphone, das ihr als Navi diente und in einer Halterung des Armaturenbretts steckte. Die Karte zeigte an, dass sie direkt auf ihr Ziel zufuhr. Allerdings konnte sie sich nur schwer vorstellen, dass sie am Ende dieses Pfades tatsächlich ein Wohnhaus vorfinden würde.

Plötzlich nahm sie aus den Augenwinkeln heraus eine huschende Bewegung wahr. Sie drehte den Kopf und erblickte hinter den vorderen Maispflanzenreihen eine dunkle, flatterhafte Gestalt. Es war mehr ein zerrissener Schatten, der flink und behände durch die Gewächse glitt. Ruth musste bei dem flüchtigen Anblick unwillkürlich an eine Vogelscheuche denken. Aber im nächsten Moment war der Schemen auch schon verschwunden.

Ruth bremste abrupt, ließ das Seitenfenster herab, steckte den Kopf heraus und spähte umher. Zwischen den Maispflanzen war nun jedoch nichts Verdächtiges mehr zu sehen. »Wahrscheinlich ein Reh«, sprach sie zu sich selbst. Sie wusste, dass bewirtschaftete Felder von diesen zur Familie der Hirsche zählenden Tiere gerne als Unterschlupf genutzt wurden. Aus diesem Grund mussten die Bauern während der Ernte besonders gut aufpassen, um mit ihren Maschinen keines der Tiere zu verletzen, die ob des Lärms ängstlich und in Schockstarre verfallen am Boden kauerten.

Ruth war sich allerdings nicht schlüssig, ob sie nun tatsächlich ein Tier oder aber einen Menschen gesehen hatte. Womöglich hatten die ungünstigen Lichtverhältnisse sie aber auch bloß genarrt.

Da zusätzlich zu der sommerlichen Hitze nun auch noch aufgewirbelter Staub ins Wageninnere drang, ließ Ruth das Fenster hochfahren. Sie schüttelte ein paar Partikel vom Kragen ihrer Bluse und warf sich im Rückspiegel dann einen prüfenden Blick zu. Der Lidschatten, den sie aufgelegt hatte, um ihre braunen Augen dezent zu betonen, war trotz sommerlicher Hitze nicht verwischt. Zufrieden setzte sie die Fahrt fort. Dabei sah sie immer wieder in die Seitenspiegel, für den Fall, dass der Schatten, den sie meinte, gesehen zu haben, über den Pfad huschte. Wegen des aufgewirbelten Staubs war allerdings nicht allzu viel zu erkennen.

Schließlich erreichte sie das Ende des Maisfeldes. Vor ihr breitete sich zu beiden Seiten eine großzügige Grünfläche aus, die sich entlang des Deiches erstreckte. Nun sah sie auch, dass hier tatsächlich ein Haus stand. Es war auf halber Strecke zwischen Deich und Maisfeld errichtet worden und blickte mit der Front Richtung Nordsee, deren Küste sich allerdings knapp einen Kilometer weit entfernt erstreckte.

Ruth ließ ihren Wagen neben der dunklen Limousine ausrollen, die mit laufendem Motor neben dem Haus parkte. Hinter dem Steuer saß ein Mann mit dunklen, kurzen Haaren, der zu ihr herüberblickte und freundlich nickte, während er in sein Handy sprach. Er trug einen blauen Anzug und eine dunkelrote Fliege zu einem goldfarbenen Hemd. Für einen Makler war er ein wenig zu festlich gekleidet, wie Ruth fand. Außerdem zeugte die farbliche Zusammenstellung seiner Garderobe nicht gerade von einem treffsicheren Modegeschmack.

Sie schaltete den Motor ab und stieg aus. Über den Deich hinweg wehte der unverkennbare Geruch der Salzwiesen und des Watts zu ihr herüber. Auf dem Weg oben auf der Deichkrone fuhr ein älteres Paar auf einem Tandemfahrrad vorbei. Sie winkten und ließen die Fahrradklingeln erschallen. Ruth erwiderte den Gruß, indem sie kurz die Hand hob. Dann wandte sie sich der Limousine zu.

Der Mann hatte das Telefongespräch inzwischen beendet und den Motor ausgeschaltet. Schwungvoll stieg er aus. Ein freundliches Lächeln auf den Lippen, trat er auf Ruth zu und schüttelte ihr die Hand. »Saferies, Moritz Saferies«, stellte er sich vor. »Und Sie müssen Frau Fasan sein.« Er richtete seine Fliege. »Hauptkommissarin Ruth Fasan«, vervollständigte er dann mit einer Miene, als wäre er bei einer strafrelevanten Nachlässigkeit ertappt worden.

»Frau Fasan reicht vollkommen aus«, erwiderte Ruth. »Ich bin nicht dienstlich hier.«

Saferies nickte geflissentlich und wandte sich dann dem Gebäude zu. »Sie sind auf der Suche nach einer Immobilie«, sagte er, als müsse er sich diese Tatsache selbst noch einmal in Erinnerung rufen.

»Aus diesem Grund habe ich Sie kontaktiert«, bestätigte Ruth trocken.

Saferies wandte sich ihr erneut zu. »Ich hätte Ihnen ja gerne einige Objekte in der näheren Umgebung gezeigt«, sagte er. »In der Krummhörn habe ich etliche interessante …«

»Ich hatte Ihnen am Telefon bereits erklärt, dass ich etwas in Greetsiel suche«, unterbrach Ruth ihn. »Ich möchte lange Fahrten zu meiner Polizeidienststelle möglichst vermeiden.«

»Greetsiel ist ein beliebter Ferienort«, gab Saferies zu bedenken. »Wenn hier mal ein Haus zum Verkauf steht, ist es schnell wieder weg. Momentan zeichnet sich auch nicht ab, dass ein Besitzer in absehbarer Zeit Verkaufsabsichten hegen würde.«

Ruth furchte die Stirn und deutete auf das mit Stroh gedeckte Gebäude. »Für dieses Haus suchen Sie aber einen Käufer oder etwa nicht?«

»Doch, doch«, versicherte ihr der Mann. »Das Deichhaus gehört aber nicht wirklich zur Gemeinde Greetsiel dazu.«

Ruth drehte sich um und sah den Deich entlang in östliche Richtung. Die ersten Häuser von Greetsiel waren nur etwa einen halben Kilometer weit entfernt, eine leicht zu bewältigende Strecke also. »Ein Haus in Alleinlage ist vielleicht genau das, was ich suche.« Prüfend sah sie den Makler an. »Sie machen nicht gerade den Eindruck, als wollten Sie das ... wie sagten Sie, heißt dieses Gebäude ... Deichhaus?« Saferies nickte. »Als wollten Sie das Deichhaus verkaufen«, vervollständigte Ruth ihren Satz.

Der Makler wiegte abwägend den Kopf. »Ich versuche diese Immobilie nun schon seit etwa zwei Jahren an den Mann zu bringen. Aber vergebens. Darum mache ich mir auch keine großen Hoffnungen, dass Sie sich letztendlich dazu durchringen werden, es wirklich zu erwerben.«

»Welche Mängel hat dieses Gebäude denn aufzuweisen?«, erkundigte sich Ruth. »Fließend Wasser und Strom wird es doch wohl hoffentlich haben. Oder ist es etwa von Hausschwamm befallen?«

»Die Ausstattung ist modern«, versicherte Saferies. »Und Schimmelbefall liegt auch nicht vor.« Er winkte ab. »Ich kann Sie ja mal kurz herumführen.«

Ruth schüttelte leicht verwundert den Kopf. Sie wurde nicht schlau aus diesem Makler.

Saferies geleitete sie zur Vorderseite des Hauses. »Es handelt sich bei diesem Objekt um ein typisches Friesenhaus aus rotem Klinker«, dozierte er. »Die Dachbedeckung besteht aus getrocknetem Schilfrohr. Es bietet eine ausgezeichnete Wärmeisolierung und ist vor fünf Jahren zuletzt erneuert worden.« Er deutete auf den vorderen Giebel des Eingangsbereichs. »Der Giebel erhebt sich, wie bei Friesenhäusern üblich, in der Mitte der Frontseite. Bei diesem First hier haben wir es mit einem sogenannten Kapitänsgiebel zu tun. Er ist ein bisschen höher und nicht ganz so spitz wie ein gewöhnlicher

Friesengiebel. Er verleiht dem Haus einen unverwechselbaren Charme und lässt den Eingang wegen seiner Breite ein wenig herrschaftlicher aussehen.«

Langsam schien der Makler in Fahrt zu kommen. »Wurde dieses Haus denn tatsächlich von einem Kapitän bewohnt?«, erkundigte sich Ruth.

Die Stirn des Mannes umwölkte sich. »Das kann ich Ihnen nicht sagen. Der letzte Besitzer war jedenfalls kein Seemann.«

»Sondern?«, hakte Ruth nach.

»Er war Landschaftsmaler, soviel ich weiß. Sein Name lautete Dirk Eckart.«

»Lautete? Ist er denn verstorben?«

Saferies nickte und verzog dabei säuerlich das Gesicht. »Gehen wir rein«, sagte er hastig und zog einen Schlüsselbund aus der Anzugsjacke. Die Eingangstür bestand aus zwei Flügeln. Sie waren aus solidem Holz gefertigt und mit Schnitzereien dezent verziert. Ruth bemerkte, dass das Türschloss nagelneu war. Offenbar war es vor nicht allzu langer Zeit ausgewechselt worden.

Der Makler drehte den Schlüssel herum. Bevor er einen der Türflügel öffnete, atmete er einmal tief durch, als müsse er sich für die Hausbegehung erst einmal wappnen. Schließlich drückte er die Tür auf und trat ein. Im nächsten Moment erstarrte er. Ein hohles Ächzen kam über seine Lippen.

»Was haben Sie?«, fragte Ruth.

Da Saferies nicht sofort reagierte, schob sie sich an ihm vorbei und betrat die Diele. In dem schummerigen Licht, das hier herrschte, sah sie einen Mann vom Dachbalken baumeln. Ein Seil war um seinen Hals geschlungen. Langsam drehte er sich an dem Strick um seine Längsachse.

*

Mit einem Satz sprang Ruth auf den Erhängten zu. Als sie ihn bei den Beinen packte, um ihn anzuheben und so womöglich das Schlimmste noch zu verhindern, bemerkte sie, dass etwas nicht stimmte. Der Körper war viel zu leicht und die Beine ließen sich zusammendrücken.

Eine Attrappe!, schoss es ihr durch den Kopf. Sofort ließ sie den Körper los, trat einen Schritt zurück und betrachtete den Erhängten genauer. Es handelte sich um eine lebensgroße Puppe aus Stroh, wie sie jetzt erkannte. Dem Erhängten waren ein paar Lumpen angezogen und eine Schiebermütze auf den Kopf gesetzt worden. Die Arme endeten in ausgestopften Handschuhen und an den Beinenden waren Stiefel befestigt worden. Die Gliedmaßen und Proportionen wirkten auf den ersten Blick nahezu naturgetreu.

»Verdammt!«, fluchte Moritz Saferies. »Für einen Moment habe ich tatsächlich geglaubt, dass dort ein echter Mensch hängt!«

Ruth drehte sich zu dem Makler um. Eine Hand auf die Herzgegend gepresst stand er schwer atmend da. Um die Nase herum war er merklich blass geworden. »Das ist ein ziemlich geschmackloser Scherz«, stellte sie fest.

Saferies richtete seine Fliege. »Solche Sachen passieren dauernd, wenn ich hier eine Hausbesichtigung durchführe«, behauptete er. »Darum mag ich das Deichhaus auch schon gar nicht mehr anbieten. Das letzte Mal, als ich Kunden hierher brachte – und das ist schon ein halbes Jahr her –, war der ganze Dielenboden mit Blut besudelt.«

»Blut?«, hakte Ruth befremdet nach.

Der Makler nickte verärgert. »Es handelte sich um Theaterblut, wie sich später herausstellte. Den Kaufinteressenten war das aber egal. Sie wollten nie wieder einen Fuß in diese Immobilie setzen.«

»Ist Ihnen so etwas auch bei anderen Objekten passiert?«

Saferies blickte bestürzt drein. »Nein, nur hier.« Er gestikulierte unbeholfen. »Ich habe die Schlösser der Haustüren in den letzten beiden Jahren schon mehrmals auswechseln lassen. Aber es nützt nichts. Jedes Mal, wenn ich diese Immobilie vorführen möchte, erlebe ich eine böse Überraschung. Einmal brannten auf der Treppe in den ersten Stock mehrere schwarze Kerzen, die einen bestialischen Gestank verbreiteten. Ein anderes Mal war der ganze Boden mit Schafskot bedeckt gewesen.« Er seufzte. »Ich habe nicht die geringste Ahnung, wie dieses Zeug trotz der ausgewechselten Schlösser immer wieder in diese Immobilie hineingelangen konnte. Es gab auch keinerlei Einbruchsspuren, bei keinem dieser Vorfälle.« Resigniert ließ er die Schultern hängen. »Langsam glaube ich, dass an dem Gerede mancher Greetsieler doch etwas dran ist.«

»Was genau meinen Sie?«, erkundigte sich Ruth.

»Die Leute behaupten, dass das alte Deichhaus verflucht sei, seit … seit sich hier vor zwei Jahren Schlimmes zugetragen hat.«

»Das da wäre?«

Saferies winkte ab. »Was soll ich Ihnen das erzählen? Sie wollen dieses Haus jetzt wahrscheinlich sowieso nicht mehr kaufen.«

»Das ist nicht gesagt.« Ruth ließ den Blick schweifen. »Im Gegenteil, meine Neugier ist geweckt.«

Der Makler sah sie zweifelnd an. »Spricht da jetzt die Polizistin oder eine Kaufinteressierte aus Ihnen?«

»Womöglich beides.«

Der Makler fuhr sich mit der Hand übers Gesicht. »Nach dem ersten Vorfall vor knapp zwei Jahren hat die Polizei dieses Haus gründlich durchsucht«, berichtete er dann, wobei Ruth der Eindruck beschlich, dass er ihrer eigentlichen Frage ausweichen wollte. »Es wurden aber keinerlei Hinweise gefunden, die hätten aufklären können, wer den damaligen Ärger veranstaltet hatte. Es lagen in der Diele überall Zeitungsausschnitte herum, die von dem traurigen Zwischenfall berichteten, der sich hier zuvor zugetragen hatte. Die Polizei war ratlos und ist schließlich unverrichteter Dinge wieder abgezogen.« Er sah Ruth unverwandt an. »Sie werden dieses Mysterium wahrscheinlich auch nicht aufklären können, Frau Hauptkommissarin.«

»Als Kaufinteressierte und als Polizistin habe ich ein Recht zu erfahren, was in diesem Haus vor zwei Jahren Schlimmes vorgefallen ist, Herr Saferies«, sagte Ruth mit Nachdruck. »Ich werde es so oder so herausfinden, also können Sie es mir ebenso gut auch gleich erzählen.«

Der Makler deutete mit fahriger Geste auf die Strohpuppe, die seicht hin und her schaukelte. »Genau an dieser Stelle hatte sich Dirk Eckart damals an einem Strick aufgehängt«, sagte er. »Einige Wochen später beauftragten mich seine Erben, die Immobilie zu verkaufen – mit wenig Erfolg bisher.«

Ruth stoppte die Bewegung der Puppe, indem sie sie am Arm festhielt. »Für mich hat es ganz den Anschein, als ob jemand um jeden Preis verhindern will, dass dieses Haus einen neuen Besitzer findet«, überlegte sie laut.

Saferies zuckte mit den Schultern. »Diesen Verdacht hatte ich natürlich auch. Nur beweisen lässt es sich leider nicht.«

»Wie oft war die Polizei insgesamt denn hier?«, erkundigte sich Ruth.

»Zwei Mal. Nach dem ersten und dem zweiten Zwischenfall, um genau zu sein. Das ist aber schon einige Zeit her. Die Beamten führten routinemäßig ihre Untersuchungen durch, konnten jedoch – wie gesagt – nichts Verdächtiges finden. Sie mussten aus Emden extra hierherkommen. Die Wache in Greetsiel war ja leider abgebrannt, darum war die Polizei in Emden zuständig. Nachdem Ihre Kollegen auch nach dem zweiten Vorfall keine Spuren hatten finden können, haben sie sich nach dem dritten Ereignis in dem Deichhaus nur noch kurz umgesehen. Bei späteren Vorfällen habe ich die Polizei dann schon gar nicht mehr informiert, weil es ja sowieso keinen Sinn hatte.«

»Das ist aber nicht in Ordnung«, sagte Ruth. »Die Kollegen aus Emden hätten dieser Sache mit mehr Nachdruck auf den Grund gehen müssen.«

»Sie hatten wohl Dringenderes zu tun.«

Missbilligend schüttelte Ruth den Kopf. Sie konnte das Verhalten ihrer Kollegen nicht gutheißen. »Führen Sie mich bitte herum«, forderte sie den Makler auf. »Ich möchte mich im Deichhaus gründlich umsehen.«

*

Obwohl das Haus seit zwei Jahren leer stand, war es gut in Schuss gehalten worden. Ruth konnte keinerlei Mängel feststellen, während sie sich von Moritz Saferies durch die Zimmer führen ließ. Die Küche war komplett eingerichtet, und auch das Badezimmer und das kleine Arbeitszimmer machten einen passablen Eindruck. Außer diesen Räumen gab es im Parterre noch ein geräumiges Wohn- und Esszimmer, das sich über die gesamte Breite des Gebäudes erstreckte und vollkommen leergeräumt war. Zwischen den Fenstern befand sich eine Glastür, die auf eine Veranda hinausführte. Dem Vorbau schloss sich draußen ein verwilderter Garten an, der bis an den Rand des Maisfeldes heranreichte.

Ruth unterzog die Verandatüren einer genauen Untersuchung. Auch hier waren die Schlösser kürzlich ausgetauscht worden. Darüber hinaus konnte sie jedoch keine Besonderheiten feststellen. Nach Einbruchsspuren oder Hinweisen auf Manipulationen hielt sie jedenfalls vergebens Ausschau.

Sie begaben sich in das erste Stockwerk. Fast jede der Treppenstufen knarrte entsetzlich, als sie sie hinaufstiegen. Das obere Geschoss war in drei Schlafzimmer und ein Bad unterteilt. Alle Räume wiesen Dachschrägen auf, was sie in Ruths Augen sehr gemütlich und anheimelnd erscheinen ließ. Ein alter Bauernschrank und ein einfaches Bett waren in einem der Räume zurückgelassen worden. Ansonsten waren die Zimmer leer. Sämtliche Fenster waren unversehrt, sodass ausgeschlossen werden konnte, dass sich jemand auf diesem Weg Zutritt ins Deichhaus verschafft hatte.

Einmal mehr wischte Ruth mit den Fingern prüfend über eine Fensterbank. Es blieb jedoch auch diesmal kein Staub daran haften. »Die Zimmer werden anscheinend regelmäßig saubergemacht«, stellte sie fest.

»Meine Frau kümmert sich darum«, erklärte Saferies. »Sie sorgt dafür, dass meine Immobilien stets einen passablen Eindruck machen.«

»Sie suchen das Deichhaus also regelmäßig auf?«, hakte Ruth nach.

»Ich nicht – aber Luise. Sie stattet allen meinen Objekten in gewissen Abständen einen Besuch ab, um sich zu vergewissern, dass es dort während der Besichtigungen nichts zu beanstanden gibt.«

»Ihre Frau traut sich ganz allein in dieses abgelegene Gebäude, von dem es heißt, dass es darin nicht mit rechten Dingen zugeht?«, wunderte sich Ruth.

»Luise ist ein pragmatischer Mensch.« Der Makler lächelte ansatzweise. »Sie glaubt nicht an Spuk und derartige Sachen.«

»Dann wird sie wohl davon ausgehen, dass Menschen hinter diesen rätselhaften Vorfällen stecken. Ein Grund mehr, hier nicht allein aufzukreuzen.«

Saferies winkte ab. »Sie kennen meine Frau nicht. Sie würde den Leuten, die hier ihr Unwesen treiben, nur allzu gerne die Leviten lesen. Sie ist der Meinung, dass ich zu wenig unternehme.« Er zupfte an seiner Fliege. »Sie hat vorgeschlagen, Kameras zu installieren, die automatisch aufnehmen, wenn sie eine Bewegung registrieren.« Er winkte ab. »Dafür müsste ich aber die Erlaubnis der Erben einholen. Denen will ich von den beunruhigenden Vorfällen aber lieber nichts erzählen.«

»Warum nicht?«

»Der Freitod von Dirk Eckart hat sie schon genug mitgenommen. Ich möchte sie mit diesen Geschichten nicht noch zusätzlich belasten.«

Ruth nickte verstehend. »Es muss schrecklich sein, den Suizid eines Familienangehörigen mitzuerleben. Wohin sind die Erben denn anschließend gezogen?«

»Sie missverstehen mich«, sagte Saferies. »Dirk Eckart hatte allein in Greetsiel gelebt.«

»Und wo wohnen die Erben?«

»In Berlin.« Der Makler vollführte eine ungeduldige Geste. »Langsam habe ich den Eindruck, von Ihnen verhört zu werden, Frau Hauptkommissarin. Ich möchte Ihnen ein Haus verkaufen, vergessen Sie das nicht.«

Ruth ließ den Blick durch das Zimmer schweifen. »Ich muss gestehen, dass mir das Deichhaus ausnehmend gut gefällt.«

Saferies' Miene hellte sich auf. »Sie sind also an einem Kauf interessiert?«

»Durchaus«, bestätigte Ruth. Sie trat neben das Bett und prüfte die Festigkeit der Matratze, über die ein weißes Leinentuch gebreitet war. Die Sprungfedern schienen noch in Ordnung zu sein. »Ich möchte eine Nacht in diesem Haus verbringen, ehe ich mich endgültig entscheide«, verkündete sie.

Saferies sah sie verdattert an. »Ein ungewöhnliches Anliegen«, merkte er an.

Ruth verfolgte mit diesem Vorhaben einen bestimmten Zweck. »Ich komme aus Hamburg, einer Großstadt, in der es in einigen Stadtteilen nachts mitunter recht lebhaft zugehen kann«, erläuterte sie. »Ich brauche meinen Schlaf und muss sicher sein, dass ich den in meiner neuen Behausung auch bekomme, ohne mir wegen ruhestörenden Lärms Stöpsel in die Ohren stecken zu müssen.«

»Damit werden Sie im Deichhaus sicherlich keine Probleme haben«, versicherte Saferies. Er lachte. »Wo soll hier denn bitte nächtlicher Lärm herkommen?«

»Hinter dem Deich verläuft das Leyhörner Sieltief«, entgegnete Ruth. »Alle Boote, Yachten und Schiffe, die in den Greetsieler Hafen einlaufen oder ihn verlassen, müssen diese Wasserstraße passieren. Das Dröhnen der Dieselmotoren wird der Deich womöglich nicht gänzlich abfangen. Und dann sind da auch noch die umliegenden Äcker und Felder, auf denen die Bauern mit ihren lärmenden Landmaschinen herumfuhrwerken ... auch nachts, wenn die Witterungsverhältnisse dies als geboten erscheinen lassen.«

Saferies blinzelte indigniert. Offenkundig fühlte er sich von der Hauptkommissarin veräppelt. Aber dann kniff er plötzlich die Augen zusammen und musterte sie scharf. »Es geht Ihnen gar nicht darum, auf nächtlichen Lärm zu lauschen«, dämmerte es ihm.

Ruth lächelte. »Ich möchte unbedingt, dass Sie von den Marotten der Frau berichten, die daran interessiert ist, das Deichhaus zu kaufen«, forderte sie. »Sorgen Sie dafür, dass es sich herumspricht, dass ich in dem Haus nächtigen werde. Die Begründung für meinen ungewöhnlichen Wunsch habe ich Ihnen soeben mitgeteilt; die dürfen Sie gerne verbreiten.«

»Erwarten Sie, dass die Leute, die mir diese Streiche gespielt haben, nachts beim Deichhaus auftauchen werden?«

»Wenn es diesen Unbekannten wirklich darum geht, zu verhindern, dass das Deichhaus einen neuen Besitzer findet, wäre das durchaus denkbar. Sie könnten versucht sein, mir Angst einzujagen, um mich vom Kauf abzubringen. Auf diese Weise könnte ich sie auf frischer Tat ertappen und ihre Identität entlarven.«

Saferies presste die Lippen aufeinander. »Tun Sie das, weil Sie es als Ihre polizeiliche Pflicht ansehen oder weil Sie das Deichhaus tatsächlich erwerben möchten?«

Ruth lächelte. »Wie gesagt: Beides womöglich.«

Der Makler überlegte einen Moment lang, nickte dann aber zögernd. »Von mir aus. Ich gestatte Ihnen, eine Nacht im Deichhaus zu verbringen.« Er drohte ihr mit dem Zeigefinger. »Sie können mich aber nicht haftbar machen, wenn irgendetwas vorfällt, verstanden?«

»In dieser Nacht werde ich als Kommissarin fungieren«, entgegnete Ruth. »Es handelt sich also um einen polizeilichen Einsatz. Die Strohpuppe und die zahlreichen Vorfälle der Vergangenheit rechtfertigen dieses Vorgehen allemal.«

Saferies wirkte recht zufrieden, schien aber auch Vorbehalte zu haben. Doch die wollte er wohl lieber für sich behalten, denn er schwieg.

»Sind wir mit der Führung durch, oder sind da noch Zimmer, die Sie mir noch nicht gezeigt haben?«, erkundigte sich Ruth.

»Es gibt einen zweigeteilten Keller«, antwortete Saferies. »Die eine Hälfte dient als Vorratsraum, in der anderen ist die Heizungs- und Warmwasseranlage untergebracht.«

»Zeigen Sie sie mir«, forderte Ruth den Mann auf. »Und dann sind wir hier auch fertig.«

*

Nachdem die beiden aus dem Keller zurückgekehrt waren, besah sich Ruth noch einmal die Strohpuppe. Anschließend suchte sie den Boden und die nähere Umgebung ab. Da Luise Saferies in dem Haus regelmäßig sauber machte, war keine Staubschicht vorhanden, in die sich Schuhsohlen hätten abdrücken können. Wer immer den »Erhängten« in der Diele platziert hatte, war auch nicht so nachlässig gewesen, um bei dieser Aktion irgendwelchen Dreck zu hinterlassen. Sosehr Ruth auch umherspähte, konnte sie doch keine verräterischen Spuren entdecken.

»Die Puppe lassen Sie vorerst bitte hängen«, wies sie den Makler an. »Ich werde mich später darum kümmern.«

»Soll mir nur recht sein«, gab dieser zurück. Saferies schien froh, dass die Besichtigung nun endlich ein Ende fand und er das Haus verlassen konnte. Befreit atmete er durch, als er an Ruths Seite in die Sonne hinaustrat. Sorgsam schloss er die Haustür ab und händigte der Hauptkommissarin den Schlüssel aus.

Mit einem Kopfnicken deutete Ruth zu der Limousine hinüber. »Hatten Sie eigentlich schon lange auf mich gewartet?«

»Nur ein paar Minuten«, gab Saferies zurück.

»Warum sind Sie nicht schon mal ins Haus gegangen, um zu schauen, ob dort eine böse Überraschung auf Sie wartet?«

Der Makler hakte den Zeigefinger hinter seine Fliege und zog daran, als schnürte ihm das Band plötzlich den Hals ab. »Ich … habe mich nicht getraut«, gestand er kleinlaut.

Ruth nickte verstehend. »Sie wollten das Haus nicht allein betreten.«

»So ist es.« Saferies setzte eine grimmige Miene auf. »Da können Sie mal sehen, was diese Unbekannten mit ihrem makabren Schabernack bereits angerichtet haben. Ich bin total eingeschüchtert.«

Ruth tätschelte dem Mann begütigend den Oberarm. »Jetzt nehme ich mich ja dieser Sache an«, beschwichtigte sie. »Ich werde dieses Mysterium schon aufklären.«

»Und hoffentlich auch den Kaufvertrag unterschreiben«, fügte Saferies an. »Ich will dieses Objekt dringend loswerden.«

»Wenn Sie mir mit dem Preis entgegenkommen.«

Der Makler sah sie böse an. »Ich werde die Erben fragen, wie weit sie bereit sind, von ihrer Preisvorstellung abzuweichen.«

»Tun Sie das.« Ruth verstaute den Hausschlüssel in ihre Hosentasche. »Ich melde mich morgen bei Ihnen.«

»Viel Glück«, wünschte Saferies ihr. Anschließend entriegelte er seinen Wagen und stieg ein.

Ruth wartete, bis die Limousine in die Treckerpiste eingebogen war und zwischen den Maispflanzen verschwand. Anschließend schlenderte sie entspannt um das Haus herum.

Obwohl das Grundstück auf der einen Seite vom Deich und auf der anderen Seite von den Maisfeldern eingegrenzt wurde, gefiel ihr die Immobilie sehr. Die optische Begrenzung empfand sie sogar als recht angenehm, denn als Großstadtmensch war sie es gewohnt, von hohen Gebäuden umgeben zu sein und oft nicht weiter als ein paar Meter sehen zu können. Außerdem wurden die Felder irgendwann abgeerntet, sodass sich der Weitblick dann auch einstellen würde. Und wenn sie auf den Deich kletterte, konnte sie von oben sogar das Meer und den Horizont sehen. Die abgelegene Lage des Deichhauses hatte also durchaus ein paar Vorzüge aufzuweisen, wenn diese womöglich auch nicht von jedem sogleich erkannt wurden. Ruth jedenfalls konnte sich für das reetgedeckte Friesenhaus mit dem Kapitänsgiebel durchaus begeistern.

Während sie das Gebäude umrundete, betrachtete sie den Boden. Luise Saferies mochte das Haus zwar in Ordnung gehalten haben, aber das Grundstück hatte sie arg vernachlässigt. Das Gras wuchs kniehoch und die Beete hinter dem Haus waren hoffnungslos verwildert. Wer immer die Strohpuppe herbeigeschafft hatte, hätte dies nicht tun können, ohne dabei Spuren in dieser Wildnis zu hinterlassen. Doch nur dort, wo der Makler und Ruth die Autos abgestellt hatten, waren Reifen- und Fußabdrücke auszumachen. Nirgendwo sonst war das Gras niedergedrückt. Auch die wild wuchernden Gartenpflanzen waren weder abgeknickt noch niedergetrampelt worden.

»Das ist mehr als seltsam«, murmelte Ruth gedankenversunken. »Wie haben diese Leute es nur geschafft, während ihrer Aktion keinerlei Spuren zu hinterlassen?« Dass es im Deichhaus tatsächlich spuken könnte, daran verschwendete sie keinen einzigen Gedanken. Für derartigen Humbug hatte sie nichts übrig. Auch musste sie jetzt erneut an die schemenhafte Gestalt denken, die sie in dem Maisfeld gesehen zu haben glaubte. Hatte diese Person womöglich etwas mit den Vorfällen im Deichhaus zu tun?

Um einen klaren Kopf zu bekommen, stieg sie den Deich hinauf. Es handelte sich um einen Vordeich, wie sich nun zeigte. Oben angekommen ließ sie den Blick schweifen. Etwa einen Steinwurf entfernt verlief das Leyhörner Sieltief. Der Fluss maß an seiner breitesten Stelle ein wenig mehr als einhundert Meter. Ein Krabbenkutter schipperte soeben die Wasserstraße hinab. Die aufgestellten Netze hingen leer und schlaff an dem Gestänge herab. Trotzdem umschwirrten etliche Möwen den Holzkahn, dessen Dieselmotor munter vor sich hin tuckerte.

Entlang des gegenüberliegenden Flussufers erstreckte sich der Hauptdeich, der wesentlich höher und breiter war als der, auf dem Ruth stand. Dahinter dehnten sich die Salzwiesen aus, die nach knapp einem Kilometer ins Meer übergingen. Da gerade Flut herrschte, konnte Ruth sogar die Wellen ausmachen, die gegen die Küste anbrandeten.

Tief atmete sie durch. Sie hatte den frischen, herben Geruch der Nordsee zu lieben gelernt, seit sie in Greetsiel Dienst tat. Auch die ehrliche, unverblümte Art der Ostfriesen wusste sie inzwischen sehr zu schätzen. Sie hatte angefangen, sich in der Krummhörn heimisch zu fühlen. Sich hier ein eigenes Häuschen zuzulegen, stellte für sie eine logische Konsequenz dar. Wenn sie ihre Wohnung in Hamburg verkaufte, würde sie für dieses Vorhaben sogar mehr als genug Geld zur Verfügung haben.

Ruth wollte sich zum Deichhaus umdrehen. Dabei fiel ihr Blick auf einen See, der sich nicht weit entfernt zwischen den Vordeich und den Fluss schmiegte. Dort gab es sogar einen Sandstrand. Die Badegäste hatten Sonnenschirme und Strandmuscheln aufgebaut. Das Lachen von Kindern hallte herüber.

Als Ruth diesen Badesee erblickte, stand für sie fest, dass sie das Deichhaus unbedingt kaufen musste. In der Nähe eines Sees zu wohnen, hatte sie sich schon als Kind sehnlich gewünscht. Und diesen Traum könnte sie sich nun endlich erfüllen!

Aber zuvor galt es, das Rätsel zu lösen, das ihr zukünftiges Zuhause umgab.

Kapitel 2

Ruth Fasan stellte ihren Wagen auf dem Parkplatz der Polizeiwache Greetsiel ab und stieg aus. Flott hängte sie sich die Handtasche um und schritt auf das alte Backsteinhaus zu, dessen bescheidener Prunkgiebel der Straße zugekehrt war. Dieser geschwungene First war um einiges breiter als das dahinterliegende Dach und sollte das altehrwürdige Gebäude mit seinen hohen Sprossenfenstern wuchtiger erscheinen lassen. In Ruths Augen wirkte die Polizeistation mit den aufgesetzten Holzsäulen, die den Eingang rahmten und oben in einen zusätzlichen Giebel übergingen, allerdings eher kauzig. Der Vorbau war weiß-grün gestrichen und fasste auch das Oberlicht mit ein, vor dem eine antik anmutende Laterne hing. Dass dieses anderthalb Jahrhunderte alte Friesenhaus, das zum historischen Stadtkern Greetsiels zählte, eine moderne Polizeiwache mit angeschlossenem Kommissariat beherbergte, darauf wies lediglich ein bedruckter Zettel in einem verschnörkelten Namensschildrahmen hin.

Ruth drückte die Tür auf und betrat den Empfangsraum. Alice Bergmann, die hinter dem Tresen saß, blickte auf und verzog verwundert die Stirn. »Frau Fasan«, sagte sie verdattert. »Haben Sie heute nicht Ihren freien Tag?«

»Habe ich«, bestätigte Ruth und klappte den beweglichen Teil des Tresens hoch, um in den dahinterliegenden Bereich zu gelangen. »Ich bin im eigentlichen Sinne auch nicht dienstlich hier.«

Die Streifenpolizistin erhob sich und strich ihre Uniformjacke glatt, die eng an ihrer pummeligen, kleinwüchsigen Gestalt anlag. Alice Bergmann war fast einen Kopf kleiner als Ruth, hatte rotbraunes Haar, braune Augen und ein vorwitziges Wesen. »Hatten Sie etwa Sehnsucht nach uns?«, fragte sie spitzbübisch.

Ruth lächelte milde. »Ich bin hier, um ein paar Informationen einzuholen«, erklärte sie.

»Worum geht es denn?«, erkundigte sich Alice zuvorkommend.

»Sie stammen aus der Gegend«, holte Ruth ein bisschen weiter aus. »Kennen Sie das alte Deichhaus?«

Alice horchte in sich hinein und zuckte dann mit den Schultern. »Meinen Sie etwa dieses leerstehende Friesenhaus, in dem es nicht mit rechten Dingen zugehen soll?«, erkundigte sie sich.

»Genau das«, bestätigte Ruth. »Ich überlege, ob ich es kaufen werde.«

Alice betrachtete die Hauptkommissarin skeptisch. »Dieses Haus ist ziemlich einsam gelegen.«

»Das macht für mich ja gerade seinen Reiz aus.«

Alice rieb sich unbehaglich den Oberarm. »Für mich wäre das nix«, stellte sie fest. »Ich bin wahrlich kein ängstlicher Mensch, aber dieses Deichhaus …«

»Sie sollen ja auch nicht darin wohnen«, unterbrach Ruth sie. Dann setzte sie eine fragende Miene auf und sah die Streifenpolizistin mit Nachdruck an.

Alice vollführte daraufhin eine verlegene Geste. »Ich weiß über dieses Haus auch nicht viel mehr, als man sich in Greetsiel darüber erzählt.« Sie furchte überlegend die Stirn. »Der Besitzer hat sich in der Diele aufgehängt. Seitdem steht es leer.«

»Es gab Fälle von Vandalismus«, half Ruth ihrer Erinnerung auf die Sprünge. »Bevor Sie hierher versetzt wurden, haben Sie zwei Jahre lang in der Emder Polizeidienststelle gearbeitet. Dort hatte der Makler, der das Deichhaus betreut, mehrmals Anzeige erstattet, weil in dem Haus von unbekannten Personen Unfug getrieben wurde.«

Alice nickte kaum merklich. »Das ist schon ziemlich lange her. Ich selbst war in diese Sache allerdings nicht involviert. Ich meine mich aber zu erinnern, dass damals die Kollegen Paul Kirch und Ludwig Selbert für den Bereich Greetsiel zuständig waren, weil es hier ja keine Polizeistation mehr gab.«

»Über die zur Anzeige gelangten Vorfälle im Deichhaus ist sicherlich eine Akte angelegt worden«, sagte Ruth. »Sind Sie bitte so nett, sie mir zu beschaffen?«

»Aber klar.« Alice setzte sich und griff zum Telefon. »Ich werde das sofort für Sie erledigen.«

»Danke.« Ruth wandte sich ab und schritt auf die Verbindungstür zu, die ins Büro führte. Dabei handelte es sich um einen lichtdurchfluteten, großen Raum, in dem zwei mit moderner Technik ausgestattete Schreibtische standen. Auf einer antiken Anrichte im Hintergrund warteten ein Faxgerät, ein Kopierer und ein Drucker auf ihren Einsatz. Aktenregale und ein robuster Schließfachschrank rundeten das Bild dieses funktional eingerichteten Büroraumes ab. In einer Ecke stand eine Plexiglastafel, auf die zur besseren Übersicht Fotos und Dokumente geklebt werden konnten.

Vor einem der Schreibtische saß Hagen Reese. Der frischgebackene Kommissar, der die Polizeischule erst kürzlich abgeschlossen hatte, trug einen sandfarbenen Sakko und Jeans. Das T-Shirt spannte über den Muskeln seiner ausladenden Brust. Er hatte dunkelblondes Haar und graublaue Augen, die bei Ruths Eintreten auf den Computerbildschirm gerichtet waren. Grüßend hob er eine Hand, ohne dabei von seiner Arbeit aufzublicken. »Guten Tag, Frau Fasan!«, rief er wie beiläufig. »Ich habe mich also nicht getäuscht, als ich glaubte, draußen Ihre Stimme gehört zu haben.«

»Wie kommen Sie mit dem Einbruch im Fischereibetrieb voran?«, erkundigte sie sich.

Hagen beendete die Eingabe auf der Computertastatur mit der Geste eines Klaviervirtuosen, der einen dramatischen Schlussakkord spielte. Erst dann wandte er sich seiner Chefin zu. »Hatten Sie heute nicht etwas Wichtiges vor?«, stellte er eine Gegenfrage.

»Wenn Sie glauben, dass mich Langeweile oder gar Sehnsucht hierhergetrieben haben, haben Sie sich getäuscht«, gab Ruth zurück.

Hagen lächelte freundlich. »Sie haben die Polizeistation aber sicherlich auch nicht deswegen aufgesucht, weil Sie mir bei der Arbeit auf die Finger schauen wollen.«

»Natürlich nicht«, versicherte Ruth. Sie winkte ab. »Meine Frage war auch nur rhetorisch gemeint. Sie werden es mich schon rechtzeitig wissen lassen, wenn es bezüglich dieses Einbruchsdeliktes neue Erkenntnisse gibt.«

Hagen sah kurz auf den Bildschirm. »Seit einer Stunde schreibe ich Protokolle und sichte die Aussagen der Mitarbeiter, die in dem Betrieb nachts gearbeitet haben«, erklärte er. »Die Befragten bleiben dabei, dass sie nicht mitbekommen haben wollen, was sich im Kontor abgespielt hatte. Sie haben also nichts versäumt.«

»Wie geht es dem Nachtwächter?«, wollte Ruth noch wissen. »Hat er sich von dem Angriff inzwischen erholt?«

Hagen schüttelte den Kopf. »Doktor Schwartau von der Klinik in Emden wird sich melden, sobald Herr Rattay das Bewusstsein zurückerlangt hat. Das ist bisher nicht geschehen, also wird der arme Bursche wohl noch im Koma liegen.« Hagen sah Ruth mit schiefgelegtem Kopf an. »Wollen Sie Ihre Freizeit wirklich mit Dingen zubringen, die Sie morgen von mir sowieso erfahren werden?«

Ruth vergrub die Hände in den Hosentaschen. »Wenn ich in einem Polizeigebäude bin, kann ich nun einmal nicht aus meiner Haut. Am besten, ich verschwinde gleich wieder.«

»Was wollten Sie denn nun eigentlich von mir?«, erkundigte sich Hagen.

Ruth erzählte ihrem Kollegen kurz vom Deichhaus. »Wissen Sie irgendetwas über die Vorfälle dort?«, fragte sie anschließend.

»Zu der fraglichen Zeit steckte ich über beide Ohren mitten in meiner Ausbildung in Hannover«, gab Hagen zurück, wobei er sich zum Spaß gebärdete, als würde Ruth ihn zu einem Mordfall befragen und sich nach seinem Alibi erkundigen.

Ruth lächelte milde. »Sie sind mir ja keine große Hilfe«, stellte sie fest.

»Vermuten Sie denn ein schwerwiegendes Verbrechen hinter diesen Fällen von Vandalismus?«, hakte Hagen nach.

»Ich weiß es nicht. Aber ich werde dieser Sache auf den Grund gehen.«

»Möchten Sie, dass ich Sie unterstütze, wenn Sie die Nacht im Deichhaus verbringen?«, fragte Hagen plötzlich.

Erneut musste Ruth lächeln, eine Verrichtung, die sie in Hamburg fast verlernt hatte. Hier in Greetsiel bot sich ihr zu ihrer eigenen Verwunderung oft die Gelegenheit, die Mundwinkel leicht nach oben zu ziehen. So auch jetzt, als Hagen ihr dieses fürsorgliche Angebot machte. »Das ist wirklich nett gemeint«, sagte sie. »Aber nein danke. Es wäre übertrieben, für diese Angelegenheit zwei Polizeikräfte einzusetzen. Außerdem handelt es sich bei diesem Hauskauf ja auch eher um eine private Obliegenheit.«

»Ich helfe Ihnen gerne«, versicherte Hagen. »Ob nun dienstlich oder privat.«

»Sehr zuvorkommend von Ihnen.« Ruth merkte, dass ihr die Sache langsam unangenehm zu werden begann. »Aber wie gesagt: Es besteht keine Veranlassung.« Ihre Worte klangen schroffer, als sie es eigentlich vorgehabt hatte. Hastig deutete sie auf den Bildschirm. »Lassen Sie sich von mir nicht länger von der Arbeit abhalten, Hagen. Wir sehen uns dann morgen zum Dienst.« Mit diesen Worten verließ sie das Büro.

Alice drehte sich auf ihrem Stuhl zu der Hauptkommissarin um, als diese in den Vorraum zurückkehrte. »Die Kollegen aus Emden schicken uns die Deichhausakte per Kurier zu«, informierte sie sie.

»Das ging ja schnell«, freute sich Ruth.

Alice lächelte verklärt. »Ich unterhalte gute Beziehungen zu meiner alten Dienststelle. Einige meiner Kollegen waren mir doch recht ans

Herz gewachsen. Wir treffen uns auch heute noch regelmäßig in einer Emder Kneipe.«

Ruth verzog das Gesicht. An derartige Treffen mit ihren Hamburger Kollegen konnte sie sich noch lebhaft erinnern. Sie bezweifelte allerdings, dass es bei den Zusammenkünften in Emden unter den Kollegen genauso ruppig und rüde zuging, wie es in Hamburg oft der Fall gewesen war. Die Polizeiarbeit in der Metropole war so stressig, dass manche Kollegen die gemeinsamen Treffen dazu genutzt hatten, um sich abzureagieren. Aus diesem Grund war Ruth diesen »geselligen Runden« irgendwann auch ferngeblieben.

Alice sah auf ihre Uhr. »Der Kurier sollte in einer Dreiviertelstunde eintreffen. Wollen Sie hier so lange warten?«

Ruth schüttelte den Kopf. Es war kurz vor zwölf Uhr, und Herta, die Pensionswirtin, bei der sie wohnte, seit sie ihren Dienst in Greetsiel angetreten hatte, erwartete sie zum Mittagessen. Normalerweise stellte Herta für ihre Gäste nur ein Frühstücksbüffet bereit, aber manchmal machte sie eine Ausnahme. Herta war eine ausgezeichnete Köchin, die Ruth oft mit ostfriesischen Gerichten überraschte. Auf keinen Fall wollte sie es sich mit der Wirtin verscherzen, indem sie jetzt zu spät zum Mittagessen erschien. Selber kochen konnte Ruth nämlich nicht, da ihr keine Küche zur Verfügung stand. Sie bewohnte in der Pension lediglich ein kleines Zimmer im Dachgeschoss, das allerdings den Vorteil besaß, dass sie von dem kleinen Fenster aus den Hafen von Greetsiel überblicken konnte. Diese Unterkunft war eigentlich nur als Übergangslösung vorgesehen gewesen. Bis vor Kurzem hatte Ruth aber keine Motivation verspürt, sich etwas Passenderes zu suchen. Das hatte sich nun aber geändert. Ihr gefiel es in Greetsiel so sehr, dass sie beschlossen hatte, hier heimisch zu werden und sich eine Immobilie zuzulegen … Ruth bemerkte, dass sie sich in ihre Gedanken zu verlieren begann und Alice sie die ganze Zeit über in Erwartung einer Antwort ansah. »Wären Sie so nett, mir die Akte in die Pension zu bringen, Alice?«, fragte sie.

Die Polizistin nickte. »Kein Problem. Ich wollte nachher sowieso eine Runde mit dem Streifenwagen drehen. Nach dem Einbruch im Fischereibetrieb kann es nicht schaden, in Greetsiel ein wenig Präsenz zu zeigen.«

»Wunderbar«, freute sich Ruth. »Dann also bis später!«

Sie beeilte sich, die Polizeistation zu verlassen. Ihr blieben nur noch knapp zwanzig Minuten, bis Herta das Mittagessen auftischte.

*

Als Ruth den Speisesaal der Pension betrat, schallte durch die offene Verbindungstür zur Küche geschäftiges Hantieren herüber. Der Essraum, dem anzusehen war, dass er einst einer großen Familie als Wohnzimmer gedient hatte, war menschenleer. Die Tische und Stühle standen in ordentlichen Gruppen beieinander, nur ein einziger Platz wies ein Gedeck auf. An diesem Tag war Ruth offenbar die Einzige, die in den Genuss von Hertas Kochkünsten kommen sollte. Es kam nicht selten vor, dass die Wirtin auch anderen Gästen eine Ausnahme gewährte und sie bekochte. Heute aber sollte Ruth anscheinend ein Exklusivrecht zugestanden werden.

Sie ging zur Verbindungstür hinüber und klopfte laut vernehmlich an den Türholm.

»Doo sünd Se ja!«, rief Herta vergnügt herüber. Die fünfundsechzigjährige Pensionsbesitzerin hatte sich eine Schürze um die dralle Hüfte gebunden und deutete auf die dampfenden Töpfe. »Dat Eten is klaar. Hüüt gifft't Snirtjebraten.« Herta redete mit ihren Gästen vorwiegend in Hochdeutsch, aber manchmal vergaß sie sich und verfiel ins Plattdeutsche.

»Es riecht hervorragend«, lobte Ruth. Inzwischen bereitete es ihr keine großen Probleme mehr, das ostfriesische Plattdeutsch zu verstehen. Allerdings konnte sie sich nicht überwinden, sich selbst einmal in dieser Mundart zu üben.

»Setzen Se sich ruhig schon ma hin«, forderte Herta Ruth auf, wobei sie Platt- mit Hochdeutsch vermischte. Sie öffnete die Ofenklappe und ein Schwall Wrasen schlug ihr entgegen. Sie wedelte mit den Topflappen, um sich freie Sicht auf den Bräter zu verschaffen.

»Ich wollte Sie bitten, mir beim Essen heute Gesellschaft zu leisten«, sagte Ruth. Mit dieser Einladung verfolgte sie ein bestimmtes Ziel, aber das wollte sie der Pensionsbesitzerin nicht unter die Nase reiben.

Herta wuchtete den Bräter auf den Beistelltisch und sah dann zu ihrem Gast hinüber. »Ich stör Se sicherlich nur. Se wissen doch, ich rede für meen Leben gern.«

»Sie stören mich ganz und gar nicht«, versicherte Ruth. »Im Gegenteil, Sie würden mir eine Freude machen, wenn Sie mit mir

24

zusammen essen. Außerdem habe ich etwas mit Ihnen zu besprechen.«

»Wenn dat so is.« Herta fuchtelte mit den Topflappen, als wollte sie eine Fliege verscheuchen. »Nun setzen Se sich aber. Ik bün gliek doo.«

Ruth nickte, wandte sich ab und nahm am gedeckten Tisch Platz. Lange musste sie nicht auf Herta warten. Patent, wie die Pensionswirtin war, stand das Essen im Nullkommanichts auf dem Tisch. Herta band die Schürze ab, warf sie über die Stuhllehne und setzte sich. Dann fing sie an, Salzkartoffeln, Rotkohl und in Soße ertränkten Braten aufzufüllen, wobei sie Ruth üppiger auflud als sich selbst.

»Das also ist Snirtjebraten«, stellte Ruth fest, beugte sich über den dampfenden Teller und schnupperte. »Ich rieche Nelken, Wacholderbeeren und Lorbeer.«

»Se haben 'ne gode Nöös«, merkte Herta anerkennend an und wünschte Ruth dann einen gesegneten Appetit. Während sie aßen, schilderte die Pensionswirtin der Kommissarin, wie der Braten zubereitet wurde; eine zeitaufwendige Prozedur, die nötig war, um das Fleisch besonders zart zu machen.

Ruth genoss die wohlschmeckende Mahlzeit. Hertas nur vom Kauen und Schlucken unterbrochener Redeschwall störte sie dabei nicht im Geringsten. Die Pensionsbesitzerin war bestens über den neuesten Greetsieler Klatsch informiert und ersparte Ruth keine Einzelheit.

Als Herta ihren Teller leer gegessen hatte, bedachte sie Ruth mit einem schuldbewussten Blick. »Jetzt hab ik Ihnen die ganze Zeit die Ohren vollgequatscht«, stellte sie zerknirscht fest. Sie lächelte selbstversöhnlich. »Aber ik hatte Se ja gewarnt.«

»Bei diesem leckeren Essen hätte ich sogar eine über uns hereinbrechende Sturmflut als angenehm empfunden«, gab Ruth scherzend zurück.

Herta lachte herzhaft. Anschließend sah sie Ruth ernst an. »Se wollten was mit mir bereden«, rief sie ihr in Erinnerung.

Ruth schob den Teller von sich. »Sie werden über das kleine Dachgeschossapartment bald wieder frei verfügen können«, setzte sie an.

»Sie wollen ausziehen?«

Ruth nickte. »Ich werde mir wahrscheinlich ein Haus kaufen. Dann ist das Zimmer oben wieder frei, sodass Ihre Söhne Sie besuchen können. Denn für die war dieser Raum ja eigentlich vorgesehen.«

Herta winkte ab. »Wer weiß, wann die sich mal aus Berlin hierher bequemen.« Sie beugte sich vor. »Haben Se denn schon eine Immobilie in Aussicht?«, fragte sie neugierig.

»Das Deichhaus gefällt mir«, erwiderte Ruth. »Ich habe es mir heute angesehen.«

Herta setzte sich kerzengerade auf und legte eine Hand auf das Brustbein. »Dat Spöökhuus?«, rief sie entgeistert. »Dat döggt neet!« Sie schluckte. »Das is nicht gut!«

»Ich glaube nicht an übersinnliche Phänomene«, erwiderte Ruth gelassen. »Es ist ein schönes Haus und für meinen Geschmack optimal gelegen.«

»Auf dem Spöökhuus liegt ein Fluch«, sagte Herta überzeugt.

»Zugegeben, dass es in dem Haus einen Selbstmord gegeben hat, ist keine angenehme Vorstellung. Aber ich habe in meiner Laufbahn als Kommissarin schon so viele Leichen gesehen, dass mich das nicht schrecken kann.«

»Wissen Se denn nich, dass dat gar keen Selbstmord war?«, fragte Herta mit gesenkter Stimme. »Der Eckart – der is ermordet worden!«

Ruth furchte die Stirn. »Davon höre ich zum ersten Mal.«

Herta schüttelte entrüstet den Kopf. »Klar, dat wollte der Makler Ihnen natürlich nich verraten. Der will dat verfluchte Huus doch nur losworden.«

»Wenn Verdacht auf Mord bestanden hätte, hätte es polizeiliche Ermittlungen gegeben«, gab Ruth zu bedenken.

»Die hat es och gegeben!«, behauptete Herta. »Fragen Se den alten Wieler. Der hatte damals Nachforschungen angestrengt, bevor er in Rente gegangen is.«

»Sie sprechen von meinem Vorgänger, Hauptkommissar Wieler?« Das Gespräch nahm eine Wendung, mit der Ruth nicht gerechnet hatte.

»Genau. Als er in den Ruhestand ging, is dann ja och die alte Wache abgebrannt. Die Akten verkohlten alle. Der Sache mit Dirk Eckart is dann keener mehr nagahn.«

Ruth stieß hörbar Luft aus. »Das sind nun wirklich erstaunliche Neuigkeiten.«

»Sprechen Se mit Wieler«, forderte Herta sie auf. »He wohnt noch immer in Greetsiel und würd sich über 'nen Besuch sicherlich freun.«

Ruth nickte. »Das hätte ich sowieso schon längst tun sollen.«

»Lassen Se de Fingers von dem Spöökhuus«, mahnte Herta. »Dat wird Ihnen nur Unglück bringen!«

Ruth fand, dass es an der Zeit war, die Katze aus dem Sack zu lassen. »Ich werde die kommende Nacht im Deichhaus verbringen«, verkündete sie. Sie hatte sich fest vorgenommen, dies ihre Wirtin unbedingt wissen zu lassen, denn sie ging davon aus, dass sich ihr Vorhaben auf diese Weise schnell in dem Ort rumsprechen würde. Herta war eine redselige Frau, die sich mit ihren Nachbarn und Freunden rege austauschte. Es sollte also nicht allzu lange dauern, bis auch die Unruhestifter von Ruths Vorhaben erfuhren.

Herta starrte die Hauptkommissarin entgeistert an. »Sind Se verrückt worden?«, rief sie aus.

»Ich bin Polizistin«, gab Ruth zurück. »Es ist mein Beruf, den Dingen auf den Grund zu gehen.«

Herta blies die Wangen auf. Ruth hatte sie offenbar sprachlos gemacht.

In diesem Moment betrat Alice Bergmann den Raum. »Moin!«, rief sie fröhlich und wedelte im Näherkommen mit einem Aktenordner. »Hier sind die Dokumente, die Sie haben wollten, Frau Fasan.«

Ruth nahm den Ordner entgegen. »Wussten Sie, dass im Todesfall von Dirk Eckart wegen Mordes ermittelt wurde?«, fragte sie die Streifenpolizistin.

Alice furchte die Stirn. »Davon ist mir nichts bekannt.«

»Fragen Se den alten Wieler«, warf Herta erneut ein. »Der kann Ihnen dat bestätigen.« Sie sah Alice eindringlich an. »Se müssen Frau Fasan diese Sache mit dem Spöökhuus unbedingt ausreden!«

Alice lächelte belustigt. »Die Frau Hauptkommissarin wird schon wissen, was sie tut.« Sie tippte mit den Fingern gegen ihre Schirmmütze. »Ich muss jetzt weiter. Hagen hat mich gebeten, noch einmal beim Fischereibetrieb vorbeizuschauen. Ulf Niehaus, der Besitzer, will, dass das Kontor endlich freigegeben wird. Aber wir haben die Untersuchung noch nicht abgeschlossen. Jetzt muss ich ihm verklickern, dass er die Instandsetzung des Büros noch ein bisschen hinausschieben muss.«

Alice verließ den Raum. Herta erhob sich daraufhin und räumte das Geschirr zusammen. Als Ruth ihr zur Hand gehen wollte, schüttelte Herta vehement den Kopf. »Se haben zu tun«, sagte sie und deutete mit einem Kopfnicken auf die Akte.

Ruth bedankte sich daraufhin für das Essen und machte sich dann, mit dem Ordner bewaffnet, auf den Weg nach draußen. Im Hafen von Greetsiel gab es einen Platz, den sie gerne aufsuchte, wenn sie Arbeit aus der Polizeistation mitgenommen hatte. Wenn das Wetter es erlaubte, hielt sie sich dort viel lieber auf als in ihrem kleinen Dachbodenzimmer oder im leeren Speisesaal.

*

Mit einem Becher Kaffee in der Hand, den sie in einem Hafencafé gekauft hatte, machte Ruth es sich auf einer Parkbank gemütlich. Den Aktenordner und die Handtasche unter den Arm geklemmt, war sie um den Krabbenkutterhafen herumgegangen und befand sich jetzt in der Nähe des Aussichtspunktes Greetsieler Yachthafen. Von hier aus konnte sie sowohl zu den malerischen Fischkuttern hinübersehen als auch zu den modernen Yachten, für die es eine separate Anlegestelle gab. Die schlanken Segler mit ihren hohen, eleganten Masten reihten sich in gerader Linie entlang der Bootsstege. Der Wind sang in den Drahtseilen und klapperte munter mit den Antennen, Fähnchen und Windmessgeräten.

In dem Yachthafen dominierten die Segelboote; es hatten aber auch einige wenige Motoryachten festgemacht. Unter ihnen befanden sich hochmoderne schnittige Exemplare, deren Anschaffung sündhaft teuer gewesen sein musste.

Bevor Ruth sich die Akte vorzuknöpfen gedachte, wollte sie bei dem pensionierten Hauptkommissar Peer Wieler anrufen. Seine Telefonnummer fand sie im Online-Verzeichnis. Es war jedoch nur eine Festnetznummer, nicht aber eine Handynummer angegeben.

Ruth wählte, legte nach dem zehnten Klingeln dann aber auf, weil nicht einmal der Anrufbeantworter ansprang. »Offenbar gerade nicht zu Hause«, murmelte sie und verstaute das Smartphone in ihre Handtasche. Schließlich klappte sie den Aktenordner auf und begann zu lesen.

Die Streifenpolizisten Kirch und Selbert hatten gewissenhaft gearbeitet, musste sie feststellen. An ihrer Vorgehensweise und ihrer Dokumentation war nichts auszusetzen. Zwei Mal innerhalb von einem Monat waren sie im Deichhaus gewesen und hatten den Vorfall, zu dem sie gerufen worden waren, genauestens untersucht. Allerdings hatten sie außer den vorgefundenen Hinterlassenschaften der Eindringlinge keinerlei Spuren entdecken können, die Aufschluss über die Täter hätten geben können. Das erste Mal hatten die von Moritz Saferies bereits erwähnten Zeitungsausschnitte im Haus gelegen. Das zweite Mal war eine erhängte Strohpuppe Gegenstand der Aufregung gewesen.

Am Ende dieser Berichte war eine Notiz angefügt, die auf eine schriftlich verfasste Einschätzung der beiden ermittelnden Polizisten verwies und sich hinten in der Akte befinden sollte. Zuerst einmal aber widmete sich Ruth den Protokollen der Anzeigen, die Moritz Saferies zu späteren Zeitpunkten in der Emder Polizeistation angestrengt hatte. Die letzte Anzeige hatte der Makler vor anderthalb Jahren erstattet. Danach hatte er es seinen eigenen Worten zufolge unterlassen, die Polizei zu informieren, wenn während einer Besichtigung des Deichhauses erneut seltsame Dinge gefunden worden waren.

Ruth blätterte das letzte Formularblatt um und fand dort wie angekündigt die Einschätzung der Streifenpolizisten. Und die beinhaltete einige interessante Aspekte. Kirch und Selbert waren nämlich zu dem Schluss gekommen, dass Moritz Saferies die anstößigen Gegenstände selbst im Deichhaus platziert hatte. Für diesen Verdacht lieferten sie eine plausibel klingende Erklärung: Saferies hatte die Lehrgänge, um den Beruf des Hausmaklers ausüben zu können, erst wenige Wochen vor dem ersten Vorfall im Deichhaus absolviert. Er war also neu auf dem Markt und ein Unbekannter. Das änderte sich schlagartig, als in der ostfriesischen Presse von dem »Spuk« im Deichhaus berichtet wurde. Diese Vorfälle machten Saferies, der namentlich in den Artikeln erwähnt wurde, umgehend bekannt, sodass sein Maklerbüro anschließend regen Zulauf an Auftraggebern und Kunden erhielt. Kirch und Selbert äußerten die Vermutung, dass Saferies die Polizei und die Presse zu Werbezwecken missbrauchte.

Ruth klappte die Mappe zu, legte die Hände darauf und sah sinnierend zu den Booten hinüber. Jetzt hatte sie eine Erklärung für das Vorgehen der Polizei, das ihr ein wenig unvorschriftsmäßig vorgekommen war. Sie konnte nachvollziehen, warum die Kollegen Kirch und Selbert geschlussfolgert hatten, dass Saferies die Manipulationen im Deichhaus eigenhändig vorgenommen hatte, um sein Maklerbüro bekannt zu machen. Allerdings hatte Ruth während der Hausbesichtigung den Eindruck gehabt, dass Saferies sich tatsächlich fürchtete. Außerdem schien er ehrlich erpicht darauf, die Immobilie endlich loszuwerden. Aber das konnte er natürlich nur gespielt haben.

Auf der anderen Seite erschien es Ruth nicht plausibel, dass Saferies mit den Manipulationen fortfuhr, obwohl er mit diesen Aktionen die gewünschte Aufmerksamkeit schon seit geraumer Zeit nicht mehr erreichte. Womöglich glaubte er, dass sich dies jetzt ändern würde, weil die neue Hauptkommissarin von Greetsiel sich für das Deichhaus interessierte. Aber daran mochte sie nicht glauben.

Diese ganze Sache wollte Ruth nicht gefallen. Besonders auch deswegen nicht, weil der Verdacht im Raum stand, dass Dirk Eckart keinen Selbstmord begangen hatte, sondern ermordet worden war.

Erneut versuchte sie, Peer Wieler telefonisch zu erreichen. Doch ihr Anruf wurde auch diesmal nicht entgegengenommen.

Verdrossen spielte sie mit dem inzwischen leer getrunkenen Kaffeebecher. Im Yachthafen röhrte laut eine Maschine auf. Eine Motoryacht schob sich zwischen den Segelbooten hervor und glitt ins Hafenbecken hinaus. Es handelte sich um eine jener protzigen, modernen Yachten, die mit einem Raumschiff mehr Ähnlichkeit hatten als mit einem Wasserfahrzeug. Der schnittige Rumpf war anthrazitfarben gestrichen und wies einen silbernen Schmuckstreifen auf, der vom Heck bis zum Bug verlief und dort in einer verschnörkelten Pfeilspitze endete. Die Scheiben der grauen Aufbauten waren dunkel getönt und das Dach des Steuerhauses mit Antennen, Satellitenschüsseln und Messfühlern reich gespickt. Der PS-starke Motor brummte mit unterschwelliger Aggression, während das Boot den Sielzufluss hinauffuhr und dann in das Leyhörner Sieltief einschwenkte. Schließlich verschwand das Boot aus Ruths Blickfeld.

Unwillkürlich musste sie daran denken, dass diese Yacht auf ihrem Weg zum Meer die Stelle passieren musste, wo hinter dem Inlandsdeich das einsam gelegene Deichhaus stand. Dieser Gedanke erinnerte sie daran, dass sie für die Nacht im »Spöökhuus« noch ein paar Vorbereitungen treffen musste.

Sie raffte ihre Sachen zusammen und machte sich auf den Weg in die Pension.

Kapitel 3

Ruth Fasan hatte sich Bettzeug und Handtücher aus der Pension geliehen und alles in den Heckbereich ihres VW up! gestopft. Obenauf lag eine Reisetasche, in die sie alles hineingetan hatte, von dem sie glaubte, es während ihrer Übernachtung im Deichhaus zu benötigen.

Als sie am frühen Abend den Kleinwagen neben dem Friesenhaus stoppte, bemerkte sie, dass sie ein wenig aufgeregt war. Sie horchte in sich hinein, um der Empfindung auf den Grund zu gehen. Dabei stellte sie fest, dass sie keine Furcht vor den seltsamen Begebenheiten empfand, die sie eventuell erwarteten. Vielmehr freute sie sich darauf, das Haus, das sie zu kaufen beabsichtigte, in Ruhe noch einmal anzuschauen.

Sie verließ das Fahrzeug, warf sich die Reisetasche über die Schulter und marschierte durch das hohe Gras auf den Eingang zu. Die Abendsonne stand tief über dem Horizont und die Schatten waren lang. Von den Maisfeldern her drang das trockene Rascheln der Blätter und vom Meer das Flüstern der Brandung an ihre Ohren. Sie sperrte die Haustür auf – und blieb verwundert auf der Schwelle stehen, als sie bemerkte, dass die Strohpuppe fort war. Dort, wo sie aufgeknüpft gewesen war, baumelte nicht einmal mehr der Strick vom Balken herab.

Ruth trat ein, machte Licht und stellte die Tasche auf dem Boden ab. Anschließend holte sie ihr Smartphone hervor. Die Nummer des Maklerbüros hatte sie eingespeichert, sodass es nur wenig bedurfte, dort anzurufen. Ruth erwartete allerdings nicht, dass Moritz Saferies sich um diese Uhrzeit noch in seinem Büro aufhielt, hoffte jedoch, dass ihr während der Ansage des Anrufbeantworters eine Nummer für den Notfall mitgeteilt wurde. Umso verwunderter war sie, als sich am anderen Ende der Verbindung eine Frau mit den Worten meldete: »Ja, was gibt's denn?«

Ruth stellte sich vor.

»Ah – mein Mann hat mir von Ihnen erzählt«, sagte die Frau daraufhin. »Es ist unglaublich, dass er trotz dieser elenden Querelen endlich einen ernsthaften Interessenten für das Deichhaus gefunden hat.«

»Ich spreche mit Luise Saferies?«, vergewisserte sich Ruth.

»Das ist richtig. Entschuldigen Sie, ich habe mich nicht vorgestellt. Ich hatte gedacht, dass mein Mann mich anrufen würde, und war ein wenig überrumpelt.«

»Ich hatte Ihren Mann gebeten, die erhängte Strohpuppe an Ort und Stelle zu lassen«, sagte Ruth. »Warum hat er sie dennoch fortgeschafft?«

Am anderen Ende der Verbindung herrschte einen Moment lang Schweigen. »Ich bin mir ziemlich sicher, dass er im Deichhaus alles unverändert gelassen hat«, sagte Luise. »Moritz betritt dieses Objekt nur, wenn es sich nicht unbedingt vermeiden lässt.«

»Und Sie waren es auch nicht?«, hakte Ruth der Vollständigkeit halber nach.

»Nein«, wurde ihr versichert. »Ich habe erst kürzlich in dem Haus saubergemacht. Der nächste Besuch dort steht erst für kommenden Monat an.« Sie atmete tief durch. »Das ist ja mal was Neues, dass diese Vandalen ihren Kram anschließend selbst wieder forträumen. Bisher musste ich ihre makabren Hinterlassenschaften immer beseitigen.«

»Haben Sie denn gar keine Angst, dieses Haus zu betreten?«

Luise lachte kurz auf. »Warum sollte ich? An Spuk glaube ich nicht. Die Leute, die uns da diese Streiche spielen, werden mir schon nichts antun. Sie sind ziemlich feige, wissen Sie. Sie verstecken sich hinter diesen blödsinnigen Aktionen. Warum machen sie ihre Bedenken, die sie gegen einen Verkauf des Hauses haben, nicht öffentlich?«

»Wie sollten diese Bedenken denn aussehen?«, hakte Ruth nach.

»Das weiß ich nicht. Vielleicht finden Sie es ja heraus.«

»Und wie erklären Sie es sich, dass diese Unbekannten sich jedes Mal Zutritt in das Gebäude verschaffen können, trotz der Maßnahmen, die Ihr Mann ergriffen hat?«

»Wenn ich das wüsste, wäre ich wesentlich schlauer«, gab Frau Saferies trocken zurück. »Moritz weigert sich ja leider, Kameras aufzubauen. Andernfalls hätten wir sicherlich längst herausgefunden, wie diese Unruhestifter uns jedes Mal aufs Neue austricksen.«

»Dieser angebliche Spuk hat Ihrer Makleragentur anfangs ziemlich auf die Beine geholfen«, merkte Ruth an.

»Ja, das stimmt wohl«, gab Luise zu. »Das Deichhaus war tatsächlich das allererste Objekt, das uns anvertraut wurde. Und dann gleich sowas. Wir waren damals ziemlich in Sorge, aber dann wendete sich das Blatt und wir bekamen Zulauf, weil in den Regionalzeitungen über uns und das Spukhaus berichtet wurde. Inzwischen ist es um das Deichhaus ruhig geworden. Weder die Polizei noch die Presse interessieren sich noch dafür.«

»Das könnte sich jetzt womöglich ändern«, wandte Ruth ein.

»Weil Sie sich für das Deichhaus interessieren?« Luise schnaubte. »Ich kann auf diese Art von Publicity verzichten.«

»Weil Ihre Agentur inzwischen floriert«, stellte Ruth fest.

»Glauben Sie etwa, dass wir diese makabren Vorfälle selbst inszeniert haben?«, echauffierte sich die Frau. Sie stieß ein freudloses Lachen aus. »Wissen Sie was – kaufen Sie das Deichhaus doch einfach. Dann sind mein Mann und ich dieses Problem endlich los. Sie würden uns einen großen Gefallen damit erweisen.«

»Ich bin noch am Überlegen«, sagte Ruth ausweichend.

»Finden Sie heraus, was es mit diesem angeblichen Spuk auf sich hat. Dann werden Sie sehen, dass mein Mann und ich damit nichts zu tun haben.«

»Offenbar gab es Zweifel, was den Suizid von Dirk Eckart betrifft«, wechselte Ruth das Thema. »Es wurde vermutet, dass es Mord gewesen sein könnte. Wusste Ihr Mann davon?«

»Als Todesursache wurde Selbstmord festgestellt«, gab Luise frostig zurück. »Alles andere sind Spekulationen. Sie sollten dem Tratsch, der diesbezüglich in Greetsiel kursiert, keine Aufmerksamkeit schenken.« Sie wünschte Ruth eine geruhsame Nacht und unterbrach die Verbindung.

»Da habe ich offenbar jemanden verärgert«, sprach Ruth zu sich selbst und verstaute ihr Smartphone. Anschließend sah sie sich in der Diele um. Sie entdeckte ein paar auf dem Boden liegende Strohüberreste. Die kurzen abgerissenen Halme lagen neben dem Treppenaufgang in der Nähe der Holztür, hinter der sich die Kellertreppe befand.

»Immerhin eine kleine Spur«, merkte sie sachlich an. Bevor sie dieser Angelegenheit näher auf den Grund gehen würde, wollte sie für sich aber zuerst einmal ein Zimmer herrichten.

*

Nachdem Ruth ihre Utensilien in den ersten Stock in das Zimmer mit dem alten Bett verfrachtet und es sich dort ein wenig gemütlich gemacht hatte, fuhr sie mit ihrer Untersuchung fort. Jedes Mal, wenn sie die Treppe benutzte, knarrten und ächzten die Stufen vernehmlich, ganz wie man es von einem Gebäude, in dem es spuken sollte, erwartete. Lediglich die oberste Stufe schien noch einigermaßen intakt; die anderen aber gaben ein schwer zu überhörendes Knacken von sich, wenn Ruth den Fuß darauf setzte.

Da sie im Erdgeschoss nichts weiter finden konnte, stieg sie in den Keller hinab. Aber auch hier gab es nichts Verdächtiges zu entdecken. Schließlich beschloss sie, sich nicht kirremachen zu lassen, sondern ihre erste Nacht in dem Haus, das vielleicht ihr neues Zuhause werden würde, zu genießen. Sie wärmte sich in der Küche die Mahlzeit auf, die Herta ihr mitgegeben hatte, ging hinaus auf die Veranda, setzte sich in Ermangelung eines Stuhls auf den Boden und aß. Dazu trank sie ein Glas Rotwein. Die Grillen zirpten jetzt laut und hin und wieder schrillte der Schrei einer Möwe auf. Unentwegt raschelte der Wind in den Maispflanzen und trug von Ferne das allgegenwärtige Rauschen des Meeres herüber.

Als Ruth ihre Mahlzeit beendet hatte, schnappte sie sich ihre Badesachen und machte sich auf den Weg zum See. Eine halbe Stunde lang schwamm sie in der Abenddämmerung im Wasser umher. Außer ihr hielt sich nur ein Pärchen beim See auf. Doch die jungen Leute waren viel zu sehr mit sich selbst beschäftigt und beachteten die Schwimmerin überhaupt nicht.

Ein Handtuch um das nasse Haar geschlungen und eines um den schlanken Leib gewickelt kehrte Ruth schließlich zum Deichhaus zurück. Sie konnte sich nicht erinnern, wann sie sich zuletzt so rundum wohlgefühlt hatte wie jetzt.

Eine Weile noch streifte sie durch die Zimmer des Hauses und richtete diese im Geiste mit den Möbeln ein, die sie in Hamburg in ihrer Eigentumswohnung zurückgelassen hatte. Es war kurz vor Mitternacht, als sie sich schließlich müde und zufrieden in ihr »Schlafzimmer« begab.

Stocksteif blieb sie in der Mitte des Raumes stehen und starrte auf die Schlinge, die auf ihrem Kopfkissen lag. Entschlossen schüttelte sie die Starre ab, nahm das Seil, eilte ans Fenster, riss es auf und schleuderte die Henkersschlinge in die Nacht hinaus.

»Ich werde dieses Haus kaufen!«, grollte sie leise vor sich hin. »Wer immer da gerade versucht, mich davon abzubringen, wird sein blaues Wunder erleben!«

Ruth hatte ihre Dienstwaffe unter das Kopfkissen geschoben. Dennoch war ihr Schlaf oberflächlich und unruhig gewesen. Immer wieder hatte sie sich dabei ertappt, in die Dunkelheit zu starren und nach verräterischen Geräuschen zu lauschen. Die Zimmertür stand einen Spalt breit offen, damit sie das Knarren der Stufen hören konnte, das unweigerlich entstehen musste, wenn jemand die Treppe hinaufschlich. Aber nichts dergleichen geschah. Es blieb ruhig, und dann und wann fiel Ruth in unruhigen Schlaf. So kam es, dass sie sich nicht gerade ausgeruht fühlte, als der Reisewecker am nächsten Morgen in voller Lautstärke losrasselte.

Das Erste, was sie tat, war, einen Rundgang durchs Haus zu machen. Dabei stieß sie jedoch auf keine weiteren Hinterlassenschaften derjenigen, die ihr Angst einzujagen versuchten. Sie frühstückte auf der Veranda und machte sich dann für den Dienst bereit. Als sie das Haus mit ihren Sachen beladen verließ, stolperte sie im hohen Gras beinahe über die Schlinge, die sie in der Nacht zuvor aus dem Fenster geworfen hatte. Sie verstaute das Bettzeug und ihre Reisetasche im Auto, ging noch einmal zurück, hob das Seil auf und warf es auf den Rücksitz ihres Wagens. Kurz darauf startete sie den Motor und fuhr los.

Während sie das Auto an den Maisfeldern vorbei lenkte, klinkte sie das Handy in die Halterung am Armaturenbrett und stellte eine Verbindung zum Maklerbüro Saferies her. Erneut meldete sich Luise. Ohne viel Umschweife bat Ruth die Frau, den Vorverkaufsvertrag für das Deichhaus fertig zu machen. Über den Preis sollte später verhandelt werden. Sie gab Luise keine Gelegenheit, eine Bemerkung fallen zu lassen, und legte auf.

Nachdem Ruth diesen Anruf getätigt hatte, fühlte sie sich wie befreit und voller Tatendrang. Sie sah die Umgebung plötzlich mit anderen Augen. Mit den Augen eines Menschen, der eine neue Heimat gefunden hatte.

*

Als Ruth wenig später die Polizeistation betrat, fand sie ihren Partner Hagen Reese und die Streifenpolizistin Alice Bergmann hinter dem Empfangstresen stehend vor. Sofort beendeten sie ihr Gespräch und wandten sich der Hauptkommissarin zu. »Moin!«, begrüßten sie ihre Chefin wie aus einem Mund.

»Ist etwas vorgefallen?«, erkundigte sich Ruth, denn sie fand, dass ihre Kollegen irgendwie aufgebracht wirkten.

Hagen verschränkte die Arme vor der Brust. »Herr Niehaus hat angerufen. Er verlangt, dass wir sein Kontor endlich freigeben. Er spricht von geschäftsschädigendem Verhalten der Polizei und droht, sich an höherer Stelle über uns zu beschweren.«

Ruth nickte gelassen. »Wir werden uns gleich darum kümmern.« Sie sah die beiden fragend an. »Gibt es Neuigkeiten über den Zustand des Nachtwächters?«

Alice machte eine finstere Miene. »Ich habe vorhin in der Klinik angerufen und mit Doktor Schwartau gesprochen«, berichtete sie. »Der Zustand von Heinrich Rattay ist nach wie vor kritisch. Er ist noch nicht wieder aus der Bewusstlosigkeit erwacht.«

»Wir haben es hier mit versuchtem Totschlag zu tun«, eiferte sich Hagen. »Und Herr Niehaus interessiert sich nur dafür, sein verwüstetes Kontor auf Vordermann zu bringen. Das Schicksal seines Nachtwächters scheint ihm völlig egal zu sein!«

»Er ist Geschäftsmann«, wiegelte Ruth ab. »Und natürlich will er, dass sein Laden weiterläuft. Wir werden hinfahren und unsere Untersuchungen abschließen.«

»Bisher haben wir keinen Anhaltspunkt, wer hinter diesem Einbruch stecken könnte«, gab Hagen zu bedenken. »Und da es keine Zeugen gibt, ist der Tatort unser einziger Anhaltspunkt. Wenn wir den aufgeben, haben wir nichts mehr, womit wir arbeiten könnten.«

»Einmal sehen wir uns in dem Kontor noch um«, beschied Ruth. »Wenn wir dann immer noch nichts finden, geben wir den Tatort frei.«

Hagen rieb sich verstimmt den Nacken. »Wir müssen etwas finden!«, murrte er. »Wer immer Heinrich Rattay so brutal niedergeschlagen hat, darf nicht ungeschoren davonkommen!«

»Ermittlungserfolge stellen sich selten unmittelbar ein«, belehrte Ruth ihren jungen, noch unerfahrenen Kollegen. »Man braucht Geduld und Beharrlichkeit, um den Verbrechern auf die Spur zu kommen.«

Hagen atmete angestrengt durch. »Wenn einem dabei jemand im Nacken sitzt, der so schnell wie möglich zur Tagesordnung übergehen will, ist das nicht gerade hilfreich.«

»Abwarten.« Ruth gab ihrem Partner ein Zeichen, ihr zu folgen. Wenig später saßen sie in ihrem zivilen Dienstwagen. Damit Hagens Laune sich ein wenig besserte, hatte Ruth ihm das Steuer des BMW überlassen.

*

Flott schwenkte Hagen mit dem Dienstwagen auf das Gelände des Fischereibetriebes ein. Im nächsten Moment riss er das Steuer herum und schaffte es gerade eben noch, einem Kleintransporter auszuweichen, der vom Hof rollte. Der Fahrer des Kühlwagens gestikulierte aufgebracht und schüttelte den Kopf. Hupend bog er in die Straße ein und brauste dann mit aufheulendem Motor davon.

»Der hätte uns fast eine Schramme in unseren nagelneuen Einsatzwagen gekerbt«, schimpfte Hagen und ließ den BMW vor dem Kontor ausrollen.

»Sowas passiert, wenn zwei Hitzköpfe am Steuer aufeinandertreffen«, kommentierte Ruth trocken.

Hagen atmete tief durch. »Ich muss ständig an den Anblick des blutüberströmten Nachtwächters denken«, gestand er. »Ulf Niehaus hat den armen Burschen doch auch gesehen. Wie kann er mit diesen Bildern im Kopf nur an sein Geschäft denken?«

Ruth nickte verstehend. »Diese Tat war extrem brutal«, musste sie zugeben. »Sie dürfen sich bei den Ermittlungen aber dennoch nicht von Ihren Gefühlen leiten lassen.«

»Ich werde mich bemühen«, versprach Hagen mit rauer Stimme.

Die beiden Ermittler stiegen aus. Der Geruch nach Fisch stieg ihnen in die Nase und aus dem offenen Hallentor drang geschäftiges Rumoren herüber. Das Kontor stand ein wenig abseits der Lagerhallen. Es handelte sich um einen kleinen schlichten Bungalow. Das Gebäude war mit einem rot-weiß gestreiften Plastikband abgesperrt. Zu dem abgeriegelten Bereich zählte auch der Kundenparkplatz, der jetzt leer und verwaist dalag.

»Versuchen Sie, Herrn Niehaus irgendwo aufzutreiben«, wies Ruth ihren Partner an. »Ich sehe mich derweil hier draußen ein wenig um.«

»Die Suche kann ich mir sparen«, sagte Hagen und deutete zur Halle hinüber. »Herr Niehaus ist schon im Anmarsch.«

Ruth drehte sich dem Mann zu, der mit weit ausholenden Schritten auf sie zukam. Ulf Niehaus trug einen langen blauen Arbeitskittel, der im Gehen um seine schlanke Gestalt herumschlotterte. »Da sind Sie ja endlich!«, rief er im Näherkommen und winkte fahrig. Eine blaue Schirmmütze saß schief auf seinem Kopf. Der akkurat geschnittene Bart, der die Mundpartie eckig umrahmte, sah aus, als hätte jemand mit den Fingern wüst darin herumgefuhrwerkt. »Sie haben ja gar keine Ahnung, was für ein Chaos die Sperrung des Verkaufskontors in meinem Betrieb hervorruft!«, schimpfte er und blieb mit in die Hüften gestemmten Fäusten vor den Kriminologen stehen. Die Polizisten zu begrüßen, kam dem Mann offenbar nicht in den Sinn. Stattdessen fuhr er mit seinem Gezeter fort: »Was glauben Sie, wie viele Kunden hier am Tag anrufen, um eine Bestellung aufzugeben? Die Gespräche muss ich jetzt alle im Kabuff des Vorarbeiters entgegennehmen. Und anstatt die Laufkundschaft in meinem gemütlichen Kontor zu begrüßen, muss ich sie in der zugigen Fischhalle in Empfang nehmen! Ganz zu schweigen davon, dass …«

»Sobald wir unsere Arbeit abgeschlossen haben, sind Sie uns wieder los«, unterbrach Ruth seinen Redeschwall. »Dann dürfen Sie auch Ihr Kontor in Besitz nehmen.«

Ulf Niehaus sah die Hauptkommissarin verdrossen an. »Ich verstehe nicht, aus welchem Grund Sie die Spurensicherung nicht längst abgeschlossen haben.«

»Unsere erste Besichtigung des Tatortes hat noch einige Fragen offengelassen«, entgegnete Ruth geduldig. »Die müssen erst noch geklärt werden.«

Hagen deutete unwirsch auf den Bungalow. »Dann legen Sie mal los. Wir haben Besseres zu tun, als hier draußen rumzustehen und uns Ihr Gejammer anzuhören!«

Niehaus zog einen Schlüsselbund aus der Tasche, tauchte unter das Absperrband hindurch und trat auf den Eingang des Kontors zu. Die beiden Ermittler folgten ihm. Nachdem Ruth das Polizeisiegel von der Tür entfernt hatte, schob Niehaus ungestüm den Schlüssel ins Schloss.

»Was wollen Sie denn eigentlich noch wissen?«, fragte er unleidig. »Meine Mitarbeiter haben Sie bereits ausgefragt. Und mich ebenfalls. Denken Sie etwa, wir würden Ihnen etwas verheimlichen?«

»Mir ist noch immer nicht klar, wie die Einbrecher es geschafft haben, das Türschloss aufzubekommen«, sagte Ruth, während

Niehaus die Tür aufsperrte. »Es gab keinerlei Einbruchsspuren. Das macht mich stutzig.«

Mürrisch drückte Niehaus die Tür auf.

»Sind Sie sich wirklich sicher, dass Sie das Kontor am Abend zuvor abgeschlossen hatten?«, fragte Hagen streng.

Der Besitzer des Fischereibetriebes verdrehte die Augen. »Darauf können Sie Gift nehmen. Und das sagte ich Ihnen auch bereits schon: Für das Kontor gibt es nur zwei Schlüssel. Beide befinden sich in meiner Obhut. Der eine hängt an meinem Schlüsselbund und der andere liegt in einem Safe in meinem Wohnhaus; falls ich mal einen Ersatz brauche.«

»Ist das denn schon einmal vorgekommen?«, hakte Ruth nach.

»Was meinen Sie?«, fragte Niehaus.

»Dass Sie für Ihren Schlüsselbundschlüssel Ersatz brauchten.«

»Nein«, versicherte Niehaus. »Ich hüte dieses Schlüsselbund wie meinen Augapfel.«

Sie waren im Eingangsbereich des Kontors stehen geblieben. Mit einem resignierten Kopfschütteln betrachtete der Geschäftsmann das Chaos, das sich vor ihnen ausbreitete. Das Kontor bestand aus einem großen offenen Raum, der zum Eingangsbereich hin durch einen hohen Tresen abgeteilt wurde. Der Bürobereich, der sich dahinter erstreckte, war vollkommen verwüstet. Der Schreibtisch war umgestoßen, der PC und alle Utensilien, die darauf abgestellt gewesen waren, lagen auf dem Boden verstreut. Dort breitete sich auch der Inhalt sämtlicher Regale und Schubfächer aus. Sogar der Ventilator war von der Decke gerissen und auf die Fliesen geschmettert worden. Die Bilder an den Wänden hatte dasselbe Schicksal ereilt. Alles, was nicht niet- und nagelfest gewesen war, war umgeworfen, heruntergerissen und zu Boden geschleudert worden. Anschließend hatten die Einbrecher auf den Gegenständen herumgetrampelt und nach ihnen getreten. Die Spuren ließen dahingehend keinen Interpretationsspielraum. Den Einbrechern war es offenkundig darum gegangen, so viel Schaden wie irgend möglich anzurichten.

Ruth kniete sich vor die Stelle hin, wo der bewusstlose Nachtwächter vorgefunden worden war. Ein Fleck getrockneten Blutes war alles, was jetzt noch von der brutalen Tat zeugte. Heinrich Rattay war mit einem stumpfen Gegenstand mehrmals auf den Kopf geschlagen worden. Prellungen im Rippenbereich ließen darüber hinaus vermuten, dass er auch getreten worden war.

»Der Tathergang ist mir noch immer nicht ganz klar«, sagte Ruth, während sie das getrocknete Blut betrachtete. Sie sah zu dem Besitzer des Fischereibetriebes auf. »Herr Rattay hatte keinen Schlüssel für das Kontor, haben Sie behauptet.«

»Das ist richtig. Ich schließe den Bungalow am Ende der Geschäftszeit ab, und dann hat darin niemand mehr etwas zu suchen – auch der Nachtwächter nicht.« Er deutete um sich. »Hier gibt es nichts, was einen Einbruch lohnen würde. Die Kassette mit den Tageseinnahmen darin nehme ich immer mit nach Hause. Darum ist es auch nicht erforderlich, dass Herr Rattay während seiner nächtlichen Rundgänge hier herumschleicht.«

»Dass es im Kontor kein Geld zu erbeuten gibt, haben die Einbrecher vielleicht aber nicht gewusst«, warf Hagen ein. Er schlenderte ziellos umher und blickte sich um. »Und weil sie nichts Lohnenswertes finden konnten, haben sie aus Frust den ganzen Laden verwüstet.«

»Mich beschäftigt noch immer die Frage, warum der Nachtwächter nicht die Polizei benachrichtigt hat, als er sah, dass Fremde in dem Kontor herumwüteten«, sagte Ruth. »Warum ist er in den Bungalow gegangen?«

»Diese Frage wird wohl nur er selbst beantworten können«, sagte Niehaus. »Herr Rattay ist jedenfalls nicht gerade für seinen Mut und seine Kühnheit bekannt. Davon hatte ich Ihnen ja bereits berichtet. Daher ist es schon ein wenig verwunderlich, dass er einen Fuß ins Kontor gesetzt hat, anstatt Verstärkung zu rufen, wie er es sonst immer gemacht hat, wenn ihm irgendetwas nicht ganz koscher vorgekommen war.«

Ruth erhob sich. »Was Sie über den Nachtwächter sagen, spricht eigentlich eher dafür, dass die Verwüstungen erst stattgefunden haben, nachdem er niedergeschlagen wurde. Herr Rattay wird sich kaum in diese Räumlichkeiten hineingewagt haben, während Fremde gerade laut darin herumrandalieren.«

Niehaus nickte. »Heinrich ist ein gewissenhafter Mann. Aber er wäre niemals so dumm gewesen, leichtsinnig seine Haut zu riskieren.«

»Vielleicht kannte er die Randalierer«, warf Hagen eine Überlegung ein. »Und er wollte sie zur Vernunft bringen.«

»Und darum schlugen sie ihm gleich den Schädel ein?« Niehaus schüttelte den Kopf. »Ich glaube kaum, dass Herr Rattay Leute kennt, die zu so etwas fähig wären.«

»Sie hatten ausgesagt, dass der Nachtwächter seinen Rundgang zeitlich vorverlegt hatte«, schnitt Ruth ein anderes Thema an.

»So ist es«, bestätigte Niehaus. »Er wollte den Kontrollgang eine Stunde eher machen, weil er mit seiner Frau in ihren Geburtstag hineinfeiern wollte. Das hatte ich ihm erlaubt.« Niehaus seufzte. »Ich kann mir nicht erklären, wie diese Vandalen in das Kontor gelangen konnten, ohne dabei Einbruchsspuren zu hinterlassen«, klagte er erneut.

»Die Tat hat vor Mitternacht stattgefunden«, rief Ruth sich noch einmal die bisher bekannten Fakten vor Augen. »Und Herr Rattay drehte seine Runde zu einer unüblichen Zeit.«

»Ein gut gewählter Zeitpunkt für den Einbruch«, sagte Niehaus erzürnt. »Um Mitternacht ist auf den Straßen von Greetsiel nämlich so gut wie nichts mehr los. Und meine Mitarbeiter, die während der Nachtschicht in der Fischhalle arbeiten, halten sich ausschließlich im Kühlbereich auf. Der ist bestens isoliert. Außerdem macht das Kühlaggregat ständig Geräusche, sodass man nicht mitkriegt, was außerhalb der Halle los ist.«

»Einer Ihrer Angestellten entdeckte die offen stehende Tür des Kontors, als er auf dem Hof eine Raucherpause machte«, fuhr Ruth mit dem Aufzählen der Fakten fort. »Da war es wenige Minuten vor zwölf. Er ging rüber, um nachzusehen. Dabei entdeckte er den bewusstlosen Nachtwächter. Er rief die Polizei und den Notarzt. Herr Reese und ich wurden informiert und trafen hier ein bisschen später als die Sanitäter ein.«

Niehaus schüttelte sich. »Warum diese Brutalität?«, fragte er. »Ich habe Herrn Rattay gesehen, kurz bevor er mit dem Rettungswagen abtransportiert wurde. Wer macht sowas?«

»Jemand, der ziemlich viel Wut im Bauch gehabt haben dürfte«, merkte Hagen an. Er wirkte irgendwie verloren, wie er da inmitten der Trümmer stand.

Niehaus vollführte eine hilflose Geste. »Wer sollte auf mich oder meinen Betrieb denn so wütend sein? Ich betreibe Handel mit Fisch. Nicht mehr und nicht weniger.«

»Bestimmt hatten Sie auch schon mal unzufriedene Kunden«, sagte Hagen.

»Klar. Die gibt es immer. Aber ich bemühe mich stets, die Leute zufriedenzustellen und sie zu entschädigen, sollten sie mit der Ware einmal nicht zufrieden sein.«

»Wie sieht es in Ihrem Privatleben aus?«, fragte Ruth.

»Ich bin seit vielen Jahren glücklich verheiratet.« Niehaus schüttelte entnervt den Kopf. »Das haben Sie mich doch bereits alles schon einmal gefragt. Sie fischen hier im Trüben. Sehen Sie lieber zu, dass Sie mit der Besichtigung fertig werden und ich meinen Laden wieder aufmachen kann!«

Ruth ließ ihren Blick durch das verwüstete Büro schweifen. Dieser Einbruch barg ein Geheimnis, das spürte sie mit jeder Faser ihres Körpers. Es lagen zu viele Indizien vor, die nicht in das Muster eines gewöhnlichen Einbruchs passen wollten. Aber sie ergaben kein stimmiges Bild. Jede Theorie, die Hagen und sie sich zurechtgelegt hatten, krankte an dem einen oder anderen Punkt, sodass sie sie letztendlich wieder hatten verwerfen müssen. Sie traten auf der Stelle. Unter diesen Umständen war es dem Besitzer des Fischereibetriebs nicht länger zuzumuten, ihm den Zutritt zum Kontor zu verwehren. Es gab hier offenkundig keine weiteren Anhaltspunkte mehr zu entdecken, sosehr sie es sich auch wünschten. Es sprach also nichts dagegen, Niehaus die Instandsetzung der Räumlichkeiten zu erlauben.

Sinnierend betrachtete Ruth die hellen Rechtecke, die sich überall dort an den Wänden abzeichneten, wo zuvor Bilder gehangen hatten. Schrammen und Dellen im Verputz verrieten, dass der Wandschmuck mit roher Gewalt entfernt worden war. Die zerschlagenen Bilderrahmen und ihr Inhalt, zumeist Fotos von Fischen, lagen zwischen all den Dingen verstreut, die in die Finger der Vandalen geraten und zerstört worden waren.

Erst jetzt fiel Ruth auf, dass sich einer der hellen Flecken ein wenig von den anderen unterschied. Der Putz wies an dieser Stelle keinerlei Gewaltspuren auf. Diese Besonderheit war nicht sehr augenfällig und Ruths Aufmerksamkeit bisher entgangen.

Behutsam stakste sie über die Trümmer hinweg und trat vor die betreffende Wand hin. Anschließend suchte sie den Boden nach den Überresten des Bildes ab, das den rechteckigen Fleck hinterlassen hatte. Um ihre Füße herum lagen jedoch nur aufgeschlagene Aktenordner, deren Inhalt herausgerissen und rundum verteilt worden war. Mit ihrem Hackenschuh schob sie die Trümmer behutsam beiseite, um nachzusehen, was sich drunter verbarg. Nach Glassplittern und Fragmenten des zerbrochenen Rahmens suchte sie allerdings ebenso vergebens wie nach Fetzen des eigentlichen Bildes. Auch im größeren Umkreis war nichts dergleichen zu entdecken.

»Was suchen Sie?«, erkundigte sich Hagen interessiert.

Statt zu antworten, wandte sich Ruth zu Ulf Niehaus um und deutete auf den Fleck an der Wand. »Was war das für ein Bild, das an dieser Stelle hing?«, erkundigte sie sich.

Niehaus rieb sich mit der Hand über den Bart, als würde es ihn dort plötzlich jucken. »Da hing ein Ölgemälde«, antwortete er. »Es war eine Auftragsarbeit, die ich einem hier ansässigen Künstler erteilt hatte. Ich wollte ein Gemälde mit lauter Fischen darauf. Ein Stillleben sozusagen.«

»Und wo ist dieses Gemälde jetzt?«, wollte Ruth wissen.

Niehaus furchte die Stirn. »Na, es wird wohl zertrampelt hier irgendwo rumliegen«, sagte er und deutete um sich.

»Ich kann hier keine Überreste eines Ölgemäldes entdecken«, erwiderte Ruth.

Hagen fing an, das Chaos auf dem Boden systematisch abzusuchen. Niehaus und die Hauptkommissarin taten es ihm gleich. Die Suche blieb jedoch ergebnislos.

»Das Fischstillleben ist fort«, stellte Niehaus verwundert fest.

»Es ist also sehr wohl etwas entwendet worden«, resümierte Hagen.

»Was hat es mit diesem Bild auf sich?«, erkundigte sich Ruth.

Niehaus zuckte mit den Schultern. »Ich mochte es. Soviel ich weiß, war es das letzte Gemälde, das Dirk Eckart malte, bevor er … bevor er Selbstmord beging.«

Ruth bekam große Augen. »Wie bitte?«, fragte sie perplex. »Sagten Sie eben tatsächlich Dirk Eckart?«

»Ja«, bestätigte Niehaus. »Herr Eckart war ein in der Region Krummhörn äußerst angesehener Landschaftsmaler. Er lebte in einem abgelegenen Haus ganz in der Nähe.«

»Im Deichhaus«, sagte Ruth.

»Im Deichhaus«, bestätigte Niehaus erneut.

Hagen verzog verblüfft das Gesicht. »Reden wir hier über dieses Friesenhaus, das Sie eventuell kaufen wollen?«, fragte er an seine Partnerin gerichtet.

Ruth nickte. »Es hat dem Landschaftsmaler Dirk Eckart gehört.«

Niehaus runzelte die Stirn. »Sie wollen das alte Deichhaus ernstlich erwerben? Man erzählt sich, dass es dort nicht mit rechten Dingen zugehen soll.«

»Es wird auch behauptet, dass Dirk Eckart sich nicht selbst getötet hat, sondern ermordet wurde«, gab Ruth zurück.

Niehaus zuckte mit den Schultern. »Dazu kann ich nichts sagen.«

Hagen betrachtete die helle Fläche an der Wand nachdenklich. »Dieses Fischstillleben von Dirk Eckart ist also der einzige Gegenstand, den die Einbrecher haben mitgehen lassen«, fasste er noch einmal zusammen.

»Und die Übeltäter waren darauf bedacht, das Gemälde nicht zu beschädigen«, fügte Ruth hinzu. »Die Wand weist keinerlei Spuren von Vandalismus auf. Die anderen Bilder wurden hingegen mit äußerster Rücksichtslosigkeit von der Wand gerissen und zerstört. Nicht aber das Fischstillleben von Dirk Eckart.«

Niehaus winkte ab. »Bestimmt haben diese Leute das Gemälde nur deshalb mitgenommen, um Unfug damit zu treiben. Wahrscheinlich liegt es total ruiniert irgendwo im Straßengraben.«

»Sie halten es für ausgeschlossen, dass die Einbrecher echtes Interesse an diesem Gemälde gehabt haben könnten?«, fragte Ruth.

Erneut zuckte Niehaus mit den Schultern. »Ich glaube nicht, dass es viel wert war. Liebhaber würden vielleicht tausend Euro für dieses Gemälde lockermachen, mehr aber auch nicht. Herr Eckart erfreute sich zwar einiger Beliebtheit, aber er war kein Picasso, wenn Sie wissen, was ich meine.«

»Dieses Fischstillleben war das letzte Bild, das Eckart geschaffen hatte«, gab Ruth zu bedenken. »Diese Tatsache könnte es wertvoller machen, als Sie vielleicht annehmen.«

»Gut möglich«, räumte Niehaus ein. »Dennoch wird der Wert nicht so groß sein, um deswegen einen Einbruch zu riskieren.« Er sah die Ermittler nacheinander an. »Das glauben Sie doch: dass dieser Einbruch durchgeführt wurde, um das Fischstillleben zu stehlen, nicht wahr?«

»Es ist jedenfalls bemerkenswert, dass außer diesem Ölbild nichts anderes entwendet wurde«, gab Hagen zu bedenken. »Der Verdacht drängt sich also auf, dass sich alles um dieses Gemälde gedreht hat.«

Niehaus deutete um sich. »Und warum dann diese Verwüstungen?«

»Vielleicht wollten die Diebe damit ihre Tat verschleiern«, mutmaßte Hagen.

»Was hätten Sie getan, Herr Niehaus, wenn Sie eines Morgens festgestellt hätten, dass Dirk Eckarts Ölbild nicht mehr an seinem Platz hängt?«, fragte Ruth übergangslos. »Es ist alles wie gewohnt, nur das Gemälde ist fort. Wie hätten Sie reagiert?«

Niehaus wiegte abwägend den Kopf. »Ich hätte mich gewundert, so viel steht fest. Wahrscheinlich hätte ich meine Mitarbeiter, die mich manchmal im Kontor vertreten, gefragt, wo das Bild abgeblieben ist.«

»Und wenn das nichts gebracht hätte?«

»Womöglich hätte ich dann Anzeige erstattet. Es wäre aber auch denkbar, dass ich der Sache nicht weiter nachgegangen wäre. Die Arbeit in einem Fischereibetrieb erledigt sich schließlich nicht von allein. Ich habe Wichtigeres zu tun, als den Verbleib eines Gemäldes zu klären, das ich zwar gemocht habe, aber dennoch nicht lange vermissen würde.«

Hagen sah seine Partnerin nachdenklich an. »Worauf wollen Sie mit diesen Fragen abzielen?«

Ruth legte den Zeigefinger an ihre Lippen und spreizte ihn dann leicht ab. »Wenn es hier wirklich um Kunstraub geht, wäre es denkbar, dass wir es mit Profis zu tun haben.«

»Sie meinen, wir haben deshalb keine Einbruchsspuren gefunden, weil versierte Diebe am Werk waren, Leute, denen es keine Schwierigkeiten bereitet, ein Sicherheitsschloss zu öffnen, ohne dabei auch nur einen Kratzer zu hinterlassen?«

»So in etwa.«

»Also, mir erscheint das ziemlich an den Haaren herbeigezogen«, warf Niehaus ein. Ungeduldig trommelte er mit den Fingern auf dem Tresen herum. »Was ist denn nun mit meinem Kontor? Ich brauche diese Räumlichkeiten dringend.«

»Wir sind hier so weit fertig«, verkündete Ruth. »Sie können mit den Aufräumarbeiten beginnen. Aber lassen Sie es uns wissen, sollte Ihnen auffallen, dass noch etwas anderes als dieses Fischstillleben entwendet wurde.« Sie gab ihrem Partner ein Zeichen, ihr zu folgen, und stakste dann über die Trümmer hinweg auf den Ausgang zu. Nachdem sie sich von Niehaus verabschiedet hatten, verließen sie den Bungalow.

Hagen gab ein unzufriedenes Brummen von sich.

»Was haben Sie?«, erkundigte sich Ruth und stieg elegant über das Absperrband hinweg. »Wir haben in diesem Fall endlich einen Durchbruch geschafft. Das muss Sie doch freuen.«

»Ich weiß nicht.« Die beiden Kriminologen blieben neben dem Einsatzwagen stehen. Hagen sah mit düsterer Miene zum Kontor hinüber. »Und wenn Ulf Niehaus nun etwas mit dieser Sache zu tun hat?«

Ruth hielt ihr Gesicht in die Sonne und schloss wohlig die Augen. »Was meinen Sie?«

»Herr Niehaus könnte diese ganze Sache inszeniert haben, damit wir glauben, alles würde sich um dieses Ölbild drehen.«

»Was könnte Ihrer Meinung denn sonst der springende Punkt sein?« Ruth fuhr sich mit den Fingern durchs Haar und lockerte ihre Locken ein wenig auf.

»Es könnte auch gut möglich sein, dass Herr Niehaus den Nachtwächter niedergeschlagen hat und es anschließend so aussehen ließ, als hätten Fremde das Kontor verwüstet. Um die Verwirrung perfekt zu machen, entfernte er zuletzt das Ölgemälde, damit der Verdacht entsteht, irgendwelche Kunsträuber könnten für das alles verantwortlich sein.«

Ruth wandte Hagen das Gesicht zu und sah ihn an. »Sie glauben, Herr Niehaus wollte seinen Nachtwächter beseitigen?«

Hagen vollführte eine vage Geste. »Warum nicht? So wie Herr Rattay zugerichtet war, hätte durchaus eine Tötungsabsicht vorliegen können. Vielleicht hatte der Nachtwächter ein Verhältnis mit Frau Niehaus, oder er hatte seinen Boss erpresst – was weiß ich.« Er zog verärgert die Stirn in Falten. »Warum sehen Sie mich so an? Klingt es so weit hergeholt, was ich sage?«

»Ich höre mir lediglich in Ruhe an, was Sie von sich geben«, gab Ruth amüsiert zurück.

»Aber Sie glauben, dass an meinen Überlegungen nichts dran ist.«

»Das werden wir erst wissen, wenn wir uns vergewissert haben.«

Hagen hob verunsichert eine Augenbraue. »Sie halten es also auch für denkbar, dass Herr Niehaus hinter allem steckt?« Er deutete zum Bungalow hinüber. »Wir hätten ihm ein wenig nachhaltiger auf den Zahn fühlen sollen. Jetzt glaubt er, dass wir uns auf die Kunsträuber als Täter versteift haben.«

»Es kann nicht schaden, wenn er das glaubt«, gab Ruth gelassen zurück. »Wenn er sich auf der sicheren Seite wähnt, begeht er vielleicht einen Fehler, der ihn schlussendlich entlarvt.«

Hagen sah sie zweifelnd an. »Ich kann mir nicht helfen, aber irgendwie klingen Sie von dieser Sache nicht sehr überzeugt.«

»Das sollte Sie nicht davon abhalten, Ihrer Mutmaßung näher auf den Grund zu gehen«, sagte Ruth ernst. »Aber ich muss Ihnen recht geben: Ich verfolge einen anderen Ansatz. Dies jedoch nur, weil ich Parallelen zu anderen Geschehnissen sehe, von denen Sie noch keine Kenntnis haben.«

Hagen blinzelte überrascht. »Die da wären?«

»Davon erzähle ich Ihnen während der Fahrt zur Polizeistation.« Ruth umrundete den Wagen und stieg ein. Wenig später fuhr der BMW mit den beiden Kriminologen darin vom Gelände des Fischereibetriebs hinunter und schwenkte auf die Straße ein. Ulf Niehaus stand in der Tür des Kontors und sah ihnen mit schwer zu deutender Miene hinterher, wie Ruth mit einem flüchtigen Blick in den Seitenspiegel bemerkte.

*

Ruth berichtete Hagen diesmal wesentlich ausführlicher von den Vorkommnissen im Deichhaus. Sie ging auf alle Einzelheiten ein und erzählte auch von der Polizeiakte, die Alice ihr besorgt hatte. Sie war mit den Schilderungen noch immer nicht zum Ende gekommen, als sie den Parkplatz der Polizeistation erreichten. Hagen schaltete den Motor ab und hörte seiner Partnerin weiterhin aufmerksam zu.

»Das ist ja ein Ding«, sagte er, als Ruth geendet hatte. »Die Parallelen zwischen den Ereignissen im Fischereibetrieb und im Deichhaus sind wirklich verblüffend. In beiden Fällen verschafften sich Unbekannte Zutritt in ein Gebäude, ohne dabei Einbruchsspuren zu hinterlassen. Und irgendwie spielt die Person Dirk Eckart dabei jedes Mal eine Rolle.«

»Von dem wir nicht wissen, ob er vor zwei Jahren nun den Freitod wählte oder aber ermordet wurde«, fügte Ruth hinzu.

Hagen ließ die Finger über das Lenkrad tanzen und schaute dabei sinnierend durch die Windschutzscheibe. »Zu dumm, dass die Akte, die sich mit Herrn Eckarts Tod beschäftigte, beim Brand der alten Polizeiwache zerstört wurde.«

Ruth holte ihr Handy hervor. »Womöglich erinnert sich Hauptkommissar Wieler noch an diesen Fall. Ich habe schon mehrmals versucht, ihn zu erreichen. Bisher aber vergebens.« Sie betätigte die Wahlwiederholung und lauschte auf das Klingelzeichen, das kurz darauf ertönte. Sie ließ es mehrmals läuten, aber der Hauptkommissar a. D. ging nicht an den Apparat.

Ruth zuckte enttäuscht mit den Schultern und steckte das Handy ein. »Keiner zu Hause, wie es scheint.«

»Alice soll sich darum kümmern«, schlug Hagen vor. »Sie wird Herrn Wieler schon irgendwo auftreiben.« Er sah seine Kollegin von der Seite an. »Diese Parallelen, auf die Sie gestoßen sind, sind wirklich sehr seltsam.«

Die Hand auf dem Türgriff nickte Ruth gewichtig. »Ich glaube in dieser Angelegenheit nicht an Zufall.« Sie schenkte Hagen ein Lächeln. »Das sollte Sie aber nicht davon abhalten, Ihre eigenen Mutmaßungen weiterzuverfolgen. Es ist wichtig, dass wir ergebnisoffen agieren und uns gegenseitig nicht von einem Verdacht abbringen, so unwahrscheinlich oder an den Haaren herbeigezogen dieser auch klingen mag.«

»Danke«, erwiderte Hagen säuerlich.

Ruth verdrehte die Augen. »Das sollte nicht abwertend gemeint sein.«

Hagen grinste breit. »Dann bin ich ja beruhigt.« Beschwingt stieß er die Wagentür auf und stieg aus.

Ruth konnte sich ein Lächeln nicht verkneifen. Hagen war mit seiner erfrischenden, ostfriesischen Art der wohl unkomplizierteste Kollege, den sie je zum Partner gehabt hatte.

*

Kaum hatte Ruth Alice ihr Anliegen vorgetragen, setzte diese auch schon ihre Dienstmütze auf und schnappte sich den Schlüssel für den Streifenwagen. »Ich schau bei Herrn Wieler gleich mal vorbei«, verkündete sie. »Und wenn ich ihn in seinem Haus nicht antreffe, werde ich meine Kontakte spielen lassen, um herauszufinden, wo er sich aufhalten könnte.«

»Danke«, sagte Ruth.

Alice sah sie verdutzt an. »Seit wann bedanken Sie sich bei mir, wenn ich alltägliche Polizeiarbeit erledige? Das kommt in letzter Zeit öfter vor.«

Ruth zuckte leicht verlegen mit den Schultern. Das ein wenig rüde erscheinende Verhalten, das sie sich während ihrer Dienstzeit bei der Hamburger Kripo angeeignet hatte, schien langsam von ihr abzublättern. Allerdings verfolgte sie in diesem Kriminalfall auch ein persönliches Interesse, wodurch sie sich womöglich aufgefordert fühlte, ein wenig umgänglicher aufzutreten. »Ich habe mit Herrn Wieler nicht nur Berufliches zu besprechen«, erläuterte sie daher. »Sie tun mir also einen kleinen Gefallen, wenn Sie ihn ausfindig machen.«

Alice rückte die Mütze auf ihrem Kopf zurecht. »Verstehe. Es geht um das Deichhaus, das Sie kaufen möchten.«

»So ist es«, bestätigte Ruth. Sie lächelte kurz und ging dann hinüber ins Büro.

Hagen war schon wieder in seine Arbeit vertieft und bearbeitete die Tastatur seines Computers mit der ihm eigenen Virtuosität, der sowohl etwas Geschäftiges als auch etwas Spielerisches anhaftete.

Ruth setzte sich an ihren Schreibtisch und fuhr ihren PC ebenfalls hoch. Anschließend öffnete sie einen Internet-Browser und gab den Namen Dirk Eckart in das Suchfeld ein. Es war an der Zeit, sich einmal näher mit der Person zu beschäftigen, der das Haus gehört hatte, das vielleicht einmal ihr neues Zuhause werden sollte. Außerdem konnte es nicht schaden, mehr über den Künstler zu erfahren, dessen zuletzt geschaffenes Werk in den Fokus von zwielichtigen Leuten geraten war.

Ruth war überrascht, als Abbildungen von Eckarts Gemälden in dem Browser-Fenster erschienen. Sie hatte angenommen, dass es sich bei Eckart um einen eher konservativen Künstler gehandelt hatte, der Landschaftsbilder im herkömmlichen Stil malte. Einen solchen Künstler gab es in Greetsiel tatsächlich, wie Ruth wusste. Sein Name lautete Malte Sinten. Er unterhielt eine kleine Galerie, in der er seine Werke ausstellte und zum Verkauf anbot. Anders als Sinten, dem es um eine naturalistische, originalgetreue Wiedergabe der Motive ging, hatte sich Eckart einige darstellerische Freiheiten erlaubt. Die Farben seiner Bilder waren leicht verfremdet und extrem leuchtkräftig. Der Tiefe der bis zum Horizont heranreichenden

Landschaftsräume waren eindimensionale Farbflächen entgegengestellt. Auf diese Weise hatte Eckart ein Spannungsfeld erzeugt, das den Blick des Betrachters förmlich fesselte. Einige seiner Werke muteten in ihrer Ausdruckskraft fast schon expressionistisch an. Dennoch waren die Motive, die er auf die Leinwand gebannt hatte, deutlich zu erkennen. Die Zwillingsmühlen von Greetsiel hatte er ebenso oft gemalt wie die Krabbenkutter und den Greetsieler Hafen. Auch der Pilsumer Leuchtturm war auf seinen Gemälden zu sehen. Das rot-gelb gestreifte Bauwerk ragte wie ein trutziger Wehrturm in einen Himmel, der aus einem wildbewegten, chaotischen Farbenmeer bestand. Er schleuderte sein grelles Leuchtfeuer wie eine lichte Offenbarung in die Welt hinaus. Der Leuchtturm war 1919 außer Betrieb genommen worden, doch Eckart hatte ihn auf seinem Gemälde effektvoll wiederbelebt …

Ruth ertappte sich dabei, wie sie beim Betrachten dieser Bilder ins Träumen geriet. Ihr Geist war angeregt und hatte zu assoziieren begonnen. Eckarts Gemälden wohnte eine Kraft und Faszination inne, der sie sich nur schwer entziehen konnte.

Schließlich rief sie die Biografie des Künstlers auf. Dirk Eckart war vor knapp sechzig Jahren in Ost-Berlin geboren worden, erfuhr sie. Dort studierte er an der Akademie der Künste, nachdem er die Schulausbildung abgeschlossen hatte. Mit fünfundzwanzig Jahren heiratete er Maren Scharf, eine Funktionärin, die in verschiedenen Ausschüssen der Volkskammer der DDR tätig gewesen war. Dirk Eckart war dreiunddreißig, als seine Tochter Alberta geboren wurde. Die DDR gab es zu diesem Zeitpunkt aber schon nicht mehr. Sechs Jahre später wurde die Ehe geschieden und der Maler kehrte Berlin den Rücken. Seine Tochter wuchs bei der Mutter auf. Dirk Eckart aber siedelte sich nach einer mehrjährigen Odyssee durch Europas Großstädte schließlich in Greetsiel an, wo er bis zu seinem Tod lebte. Über die näheren Umstände seines Ablebens wurde in der Biografie nichts vermerkt. Aber auf anderen Internetseiten, die über den Künstler berichteten, wurde erwähnt, dass er Selbstmord begangen hätte.

Ruth lehnte sich in ihrem Bürosessel zurück und betrachtete nachdenklich den Bildschirm. Mit lang ausgestrecktem Arm bewegte sie die Computermaus und rief die Seite eines Online-Ateliers auf, das einige Ölbilder des Künstlers Dirk Eckart im Angebot hatte. Es handelte sich um Werke, die offenbar in den Großstädten entstanden waren, in denen Eckart zeitweilig gelebt hatte, denn es waren Stadtansichten darauf zu sehen. Auf einem der Ölbilder aber war ein Fischer abgebildet, der gerade sein Netz flickte. Dieses Werk war in Greetsiel angefertigt worden, wie das auf dem Gemälde vermerkte Datum verriet. All diese Bilder trugen die unverwechselbare Handschrift des Künstlers. Aber für keines von ihnen wurde ein Preis verlangt, der über viertausend Euro hinausging. Dirk Eckart war unzweifelhaft ein fähiger Künstler gewesen, auf dem internationalen Kunstmarkt spielten seine Werke aber kaum eine Rolle.

Ruth drehte sich mit ihrem Sessel zu ihrem Partner um. »In einem Punkt hatte Herr Niehaus jedenfalls recht«, sprach sie den jungen Kommissar unverwandt an, obwohl dieser noch in seine Arbeit vertieft war. »Dirk Eckarts Gemälde erzielen auf dem Markt eher bescheidene Preise. Schwer vorstellbar, dass Profis sich die Mühe machen würden, einen Einbruch durchzuziehen, um in den Besitz eines dieser Bilder zu gelangen.«

Hagen tippte mit dem Mittelfinger in einer abschließenden schwungvollen Geste auf die Enter-Taste und wandte sich dann seiner Vorgesetzten zu. Einen kurzen Moment lang furchte er konzentriert die Stirn, dann sagte er: »Ihrer Spekulation über einen Kunstraub wird somit also der Boden entrissen«, stellte er fest. »Das Fischstillleben war nicht der Grund für die Vorkommnisse im Kontor.«

Ruth legte die Hände auf die Armstützen ihres Sessels und zog die Schultern an. »Dass Herr Niehaus das Gemälde verschwinden ließ, um uns auf eine falsche Fährte zu locken und zu verschleiern, dass er den Nachtwächter niedergeschlagen hat, wird durch diesen Fakt aber auch nicht untermauert«, merkte sie an. »Herr Niehaus hat den monetären Wert des Gemäldes als gering eingeschätzt, was sich nun bewahrheitet hat. Er kann folglich nicht davon ausgegangen sein, dass wir lange an die Beteiligung von Kunstdieben glauben würden.«

»Mein Verdacht ist also ebenfalls haltlos«, fasste Hagen zerknirscht zusammen. Er blies die Wangen auf und ließ hörbar Luft entweichen. »Wenn keine Kunstdiebe das Gemälde entwendet haben und Herr Niehaus auch nichts damit zu tun hat, was bleibt dann noch übrig?«

Ruth faltete die Hände in ihrem Schoß. »Dieses Gemälde muss dennoch irgendeine Rolle spielen«, sagte sie wie zu sich selbst.

Hagen verzog schief den Mund. »Nur welche?«

»Womöglich hatte das Fischstillleben für die Diebe keinen materiellen Wert«, überlegte Ruth laut. »Sie wollten es aus einem anderen Grund an sich bringen.«

»Wenn sie so scharf auf diesen Ölschinken waren und der Preis eher erschwinglich ist, warum haben sie Herrn Niehaus dann nicht einfach gefragt, ob er ihnen das Bild verkauft?«, hielt Hagen dagegen.

Ruths Miene hellte sich auf. »Ein guter Einwand.« Sie deutete auf das Telefon auf Hagens Schreibtisch. »Rufen Sie Herrn Niehaus an und fragen Sie ihn, ob ihm jemand das Stillleben irgendwann einmal abkaufen wollte.«

Hagen tat wie ihm geheißen. Er bekam den Besitzer des Fischereibetriebes schnell an die Strippe. Niehaus schien über die neuerliche Störung durch die Polizei allerdings nicht gerade angetan, wie Hagens verdrießlichem Gesicht deutlich anzusehen war. Die aufgebrachte Stimme des Mannes drang bis zu Ruth herüber.

Kurz angebunden erkundigte sich Hagen, ob Niehaus für das Fischstillleben je eine Kaufanfrage erhalten hatte.

»Nein!«, schallte es unüberhörbar aus der Hörmuschel.

»Wären Sie denn überhaupt bereit gewesen, das Gemälde zu verkaufen?«, wollte Hagen noch wissen, woraufhin erneut ein laut vernehmliches »Nein« aus der Hörmuschel schallte.

Hagen bedankte sich frostig und legte auf. »Herr Niehaus ist offenbar der Einzige, der sich bisher für das Fischstillleben begeistern konnte«, berichtete er. »Eine Kaufanfrage für das Bild hat er nie erhalten. Er wäre auch nicht bereit gewesen, es zu veräußern, wie Sie gehört haben dürften.«

Ruth rieb sich energisch das Kinn. »Verflucht, wir treten schon wieder auf der Stelle!«, schimpfte sie.

Hagen atmete tief durch. »Vielleicht gehen wir diese Sache von der falschen Seite an.«

Ruth zuckte mit den Schultern. »Wir wüssten mehr, wenn Heinrich Rattay endlich aufwachen würde. Er ist der Einzige, der weiß, was sich in dem Kontor wirklich abgespielt hat.«

»Es ist nicht abzusehen, wann der Nachtwächter aus dem Koma erwachen wird«, gab Hagen zu bedenken. »Es wäre also unsinnig, darauf zu warten.«

»Das habe ich auch gar nicht vor!« Ruth stand auf. »Ich werde mir ein wenig die Beine vertreten«, verkündete sie. »Das hilft manchmal, um auf andere Gedanken zu kommen.«

Hagen wandte sich seinem Computer zu. »Ich vervollständige derweil meinen Bericht«, erklärte er und war im nächsten Moment wieder in seine Arbeit vertieft.

Ruth nahm ihre Handtasche, warf sie sich über die Schulter und stapfte hinaus.

*

Den Nachmittag verbrachte Ruth damit, sich um Immobilienangelegenheiten zu kümmern. Zuerst handelte sie in Saferies Maklerbüro einen annehmbaren Kaufpreis für das Deichhaus aus und unterschrieb anschließend den Vorverkaufsvertrag. Dann kontaktierte sie einen Makler in Hamburg und beauftragte diesen, sich um den Verkauf ihrer Hamburger Wohnung zu kümmern. Sie hegte keine Zweifel, dass aufgrund der angespannten Wohnungslage in der Hansestadt für ihre Bleibe schnell ein Käufer gefunden wurde und ein guter Verkaufspreis erzielt werden würde. Anschließend rief sie ihren ehemaligen Freund und Kollegen Jens Stadensen an und bat ihn, sich von ihr bevollmächtigen zu lassen, damit er sich in Hamburg um den anfallenden Papierkram kümmern konnte. Jens ließ sich nicht lange bitten und gab sein Einverständnis.

Wenig später erhielt Ruth einen Anruf von Alice Bergmann. Ruth schlenderte auf dem Weg in ihre Pension gerade am Neuen Greetsieler Außentief entlang, als ihr Smartphone klingelte. Die zu einer Fußgängerzone umgestaltete Straße entlang des Kanals war von Passanten bevölkert. In Gruppen inspizierten sie die ausgehängten Speisekarten der Restaurants oder betrachteten die Auslagen in den Schaufenstern der Bekleidungs- und Souvenirläden. Ruth scherte zur Seite aus und trat zwischen die Alleebäume, die das Siel säumten. Den Rücken dem Gewässer zugekehrt, lehnte sie sich an das Geländer und nahm den Anruf entgegen.

»Herr Wieler hält sich zurzeit in Leipzig auf«, berichtete Alice. »Er besucht dort seinen Sohn, wie ich herausgefunden habe. Er wird aber morgen im Laufe des Tages zurückerwartet.«

»Er ist also verheiratet?«, hakte Ruth nach, die so gut wie nichts über ihren Vorgänger wusste.

»Seine Frau verstarb vor einigen Jahren«, gab Alice zurück. »Seitdem lebt er allein. Aus der Ehe ging ein Sohn hervor, der jetzt in Leipzig wohnt.«

»Müsste ich sonst noch etwas über diesen Mann wissen?«, erkundigte sich Ruth vorsichtshalber.

»Peer Wieler führt ein zurückgezogenes Leben«, sagte Alice daraufhin überlegend. »Er unterhält kaum Kontakte zu ehemaligen Kollegen. Offenbar angelt er sehr gerne. Viel mehr weiß ich über ihn aber auch nicht.«

»Klingt nach einem genügsamen Charakter«, stellte Ruth fest.

»Ich könnte die Telefonnummer des Sohnes in Erfahrung bringen und versuchen, Herrn Wieler auf diesem Weg zu erreichen«, bot Alice an.

»Ich halte es für keine gute Idee, mein Anliegen telefonisch mit dem Hauptkommissar zu besprechen«, wehrte Ruth ab. »Ich ziehe ein persönliches Gespräch unter vier Augen vor.«

»Wenn ich Herrn Wieler mitteile, was Sie von ihm wollen, verschaffen wir ihm womöglich die Gelegenheit, sich auf das Treffen ein wenig vorzubereiten«, entgegnete Alice. »Unter Umständen hilft das seinem Erinnerungsvermögen ein wenig auf die Sprünge. Die Polizeiakten sind ja leider alle verbrannt. Wir sind also auf seine Erinnerungen angewiesen.«

»Tun Sie das«, willigte Ruth ein. »Versuchen Sie dann auch gleich, mit Herrn Wieler für morgen einen Termin zu vereinbaren. Momentan ist er der Einzige, der uns in diesem Einbruchsfall weiterhelfen könnte. Ich möchte ihn daher so bald wie möglich sprechen.«

»Ich melde mich bei Ihnen, wenn ich etwas erreicht habe.« Alice verabschiedete sich und unterbrach die Verbindung.

Ruth, die ihr Smartphone in ihre Handtasche schieben wollte, verharrte in der Bewegung und starrte einen Moment lang wie abwesend vor sich hin. *Peer Wieler besucht seinen Sohn*, dachte sie. *Er scheint ein gutes Verhältnis zu seinem inzwischen erwachsenen Kind zu haben.*

Sie musste an Clarissa, ihre Tochter, denken und daran, ob sich ihre Beziehung möglicherweise auch erst dann bessern würde, wenn sie in Rente ging. Vielleicht war es dann aber bereits zu spät, um das wiedergutzumachen, was sie in all den Jahren versäumt hatte. Sie hatte Clarissa allein aufgezogen, eine Aufgabe, von der sie immer gedacht hatte, dass sie sie leicht bewältigen könnte. Ihre Arbeit in der Hamburger Kripo hatte allerdings dazu geführt, dass sie für ihre Tochter häufig keine Zeit gehabt hatte. Sie hatte Clarissa oft vertrösten müssen, und das war etwas, was kein Kind auf Dauer ertrug. Da half es auch nichts, immer wieder darauf hinzuweisen, dass das Verbrechen nie schlief und es im Sinne des Allgemeinwohls war, einen Mörder zu fassen, und Clarissa darum ihre Ansprüche hintanstellen musste. Wenn Ruth es nicht geschafft hatte, zu einem Fußballspiel oder einem Schwimmwettbewerb zu erscheinen, an dem ihre Tochter teilgenommen hatte, konnte nichts die Enttäuschung darüber wettmachen – auch nicht die Meldung, dass Ruth einen Kriminellen dingfest gemacht hatte. Denn es dauerte meist nicht lange und ein neuer Fall wurde an sie herangetragen …

Ruth fasste sich ein Herz und wählte Clarissas Handynummer. Seit sie in Greetsiel weilte, hatte sie nur ein paarmal mit ihrer Tochter telefoniert, und jedes Mal war das Gespräch irgendwie unbefriedigend verlaufen. Sie schafften es beide nicht, aus den alten Mustern auszubrechen. Dass Ruth ihre Zelte in Hamburg abgebrochen und in Ostfriesland ein neues Leben angefangen hatte, hatte daran nicht wesentlich etwas ändern können.

Ruth lauschte auf den Klingelton und zuckte leicht zusammen, als plötzlich Clarissas Sprachbox ansprang. Die Hauptkommissarin strich sich fahrig durch die Locken, während sie überlegte, was sie nun sagen sollte. »Hallo, Clarissa, Liebling«, presste sie schließlich hervor und hoffte, dass ihr die Enttäuschung darüber, dass ihre Tochter den Anruf nicht entgegengenommen hatte, nicht allzu deutlich anzuhören war. »Ich … wollte mal deine Stimme hören und mich erkundigen, wie es dir geht.« Noch während sie dies sagte, ärgerte sie sich über diese Floskel, die sie schon viel zu oft als Nachricht für ihre Tochter hinterlassen hatte. In diesen Worten spiegelte sich viel mehr ihre eigene Verunsicherung wider als ihr aufrichtiges Bedürfnis, sich mit Clarissa auszutauschen. »Melde dich doch bitte mal bei mir«, fügte sie verstimmt hinzu und unterbrach die Verbindung dann hastig, ehe sie noch weitere in ihren Ohren unbedeutende Sätze von sich geben konnte.

Plötzlich ertrug sie den Anblick der unbeschwert dahinflanierenden Menschen nicht mehr. Sie drehte sich zum Kanal um, stützte die Ellenbogen auf den Handlauf des Geländers und blickte verdrossen ins Wasser.

Der Kanal wurde auf beiden Uferseiten von zwei Meter hohen Spundwänden eingefasst und wirkte darin wie gefangen. Die wuchtigen, massiven Brücken aus Feldsteinen, die diesen Sielabschnitt markierten, wiesen nur einen vergleichsweise schmalen torbogenförmigen Durchlass für das Wasser auf, das dunkel aussah, obwohl das Licht der Abendsonne sich flirrend darauf brach.

Einen flüchtigen Augenblick lang überkam Ruth die Vorstellung, dass ihr Leben ebenso wie dieser Kanal verlief: in einer vorgefassten Bahn, die schon Jahrhunderte alt zu sein schien und keine Veränderung zuließ. Ihr Blick verlor sich im glitzernden Sonnenlicht, das wie ein froher Hoffnungsschimmer über dem trüben Wasser tanzte.

Das wird schon noch werden, dachte sie. *Clarissa und du – ihr braucht noch ein wenig Zeit, um neue Wege zu beschreiten. Hab einfach Geduld.*

»Frau Fasan!«, drang da plötzlich ein Rufen an ihre Ohren. Es war eine sonore männliche Stimme, die die in der Luft hängenden Laute spielend übertönte.

Ruth drehte sich um und sah einen leger gekleideten, kräftig gebauten Mann auf sie zukommen. Die hellblauen Augen in dem braungebrannten, markanten Gesicht waren vergnügt auf sie gerichtet.

Ruth musterte den Mann, der in etwa in ihrem Alter sein musste, von oben bis unten. »Kapitän Seitz«, sagte sie gedehnt. »Ohne Ihre Uniform hätte ich Sie fast nicht wiedererkannt.« Sie hatte den Kapitän der Wasserschutzpolizei vor einigen Wochen während ihres ersten Mordfalls in Greetsiel kennengelernt. Er hatte einen gewissen Eindruck bei ihr hinterlassen, doch anschließend waren sie sich nicht noch einmal über den Weg gelaufen.

Kapitän Seitz blieb vor ihr stehen und lächelte gewinnend. »Ich hoffe, Sie sind von meinem zivilen Erscheinungsbild nicht allzu enttäuscht«, scherzte er. »Eine Kapitänsuniform macht ordentlich was her und wirkt auf Frauen unwiderstehlich beeindruckend, habe ich mir sagen lassen. Dennoch bin ich froh, sie manchmal gegen gewöhnliche Kleidung tauschen zu können.«

»Sie machen auch ohne Uniform einen stattlichen Eindruck«, versicherte Ruth.

»Sie sehen ebenfalls überaus formidabel aus«, schmeichelte er ihr und deutete dann auf sein eigenes Gesicht. »Ihre Gesichtszüge verraten allerdings, dass Sie einer kleinen Aufheiterung bedürfen.«

»Ist mir das so deutlich anzusehen?« Ruth zog ein paar Grimassen und versuchte sich dann an einem Lächeln.

Seitz betrachtete sie kritisch. »Schon ein wenig besser«, urteilte er. Mit einladender Geste deutete er zu einer Menschengruppe hinüber, die vor dem Eingang eines Restaurants stand. Es handelte sich um zwei Paare, die sich angeregt miteinander unterhielten. Die Frauen hatten sich bei den Männern untergehakt. Die ein wenig festlich erscheinende Garderobe dieser Personen ließ vermuten, dass es einen besonderen Anlass gab.

»Vielleicht möchten Sie sich uns anschließen?«, fragte Seitz. »Meine Kollegen von der Wasserschutzpolizei feiern heute ein Jubiläum.« Er lächelte. »Sie halten es schon fünf Jahre unter meiner Befehlsgewalt aus. Das muss unbedingt gefeiert werden.«

Ruth wiegte abwägend den Kopf. »Solche Zusammenkünfte sind nichts für mich«, wehrte sie ab. In Hamburg waren ihr derartige feierliche Anlässe im dienstlichen Rahmen stets ein Graus gewesen.

»Papperlapapp!« Seitz hielt ihr auffordernd den Arm hin, damit sie sich unterhaken konnte. »Es wird nicht über Berufliches geredet, versprochen. Wir wollen uns nur amüsieren.«

Ruth ertappte sich dabei, dass sie einen Blick auf Seitz' linken Ringfinger warf. Er war unberingt und es wies auch keine Einkerbung drauf hin, dass dort einmal für längere Zeit ein Ehering gesteckt haben könnte. Das musste nicht zwangsläufig bedeuten, dass Felix Seitz unverheiratet war. Es gab Paare, die besiegelten ihre Ehe nicht mit einem Ring, sondern mit anderen Schmuckstücken. Wie sie Seitz einschätzte, zählte er aber eher zu der Sorte von Männern, die an diesem alten Brauch festhalten würden.

Ruth fand die Gedanken, die sich ihr unwillkürlich aufgedrängt hatten, lächerlich. Wollte sie etwa abschätzen, ob sich zwischen dem Kapitän und ihr etwas anbahnen könnte? Dass er offenbar ohne weibliche Begleitung unterwegs war, musste doch nichts bedeuten …

Sie war drauf und dran, Seitz einen Korb zu geben. Aber als sie ihm erneut ins Gesicht blickte, huschte der Widerschein der Reflexionen des Kanalwassers über sein Antlitz und ließ es geheimnisvoll aufleuchten. »Einverstanden«, hörte sie sich sagen. Und ehe sie es sich anders überlegen konnte, schob sie ihre Hand in seine Armbeuge.

Seitz schien einen Moment lang ehrlich überrascht. Anscheinend hatte er sich nicht allzu viel Hoffnung gemacht, dass Ruth sein Angebot tatsächlich annehmen würde.

Die beiden vor dem Restaurant stehenden Pärchen hatten ihre Konversation unterdessen eingestellt und sahen dem auf sie zukommenden Gespann jetzt interessiert entgegen. Ruth beobachtete die Männer ganz genau. Bei jedem Anzeichen eines anzüglichen Lächelns, das darauf hindeuten könnte, dass Seitz öfter mit einer fremden Frau an seiner Seite auftauchte und ihm ob seiner neuen Eroberung mit einem Grinsen Tribut gezollt werden musste, hätte sie seinen Arm sofort losgelassen. Die Männer wirkten allerdings eher verblüfft, so wie ihre Begleiterinnen auch. Sie musterten Ruth respektvoll, als bewunderten sie sie, weil sie es geschafft hatte, das Interesse des Kapitäns auf sich zu ziehen.

In diesem Moment wusste Ruth, dass dies ein anregender Abend werden würde und sie an der Seite des Kapitäns gut aufgehoben war.

Kapitel 4

An diesem Morgen gönnte sich Ruth den Luxus, ein wenig länger auszuschlafen. Als ihr Reisewecker klingelte, schaltete sie ihn kurzerhand aus, drehte sich auf die andere Seite und schlief erneut ein. Dies war ihr nur möglich, weil sie wusste, dass es an diesem Vormittag in der Polizeistation nicht viel für sie zu tun gab.

Alice Bergmann hatte sie am Abend zuvor angerufen, ausgerechnet zu dem Zeitpunkt als in dem Fischrestaurant, in das Seitz und seine Freunde eingekehrt waren, das Hauptmenü aufgetischt wurde. Ruth hatte ernsthaft erwogen, das Gespräch wegzudrücken, als sie gesehen hatte, wer sie da zu erreichen versuchte. Seitz hatte ihr aber verständnisvoll zugelächelt, sodass sie dann doch auf das grüne Tastfeld ihres Smartphones gedrückt hatte. Alice berichtete, dass sie Hauptkommissar Wieler nach mehreren vergeblichen Versuchen endlich erreicht hatte. Nachdem sie ihm ihr Anliegen vorgetragen hatte, zeigte er sich schließlich bereit, sich mit der neuen Hauptkommissarin zu treffen. Die Uhrzeit und der Ort, den er für das Treffen anberaumt hatte, waren allerdings ein wenig ungewöhnlich. Er wollte Ruth zur Mittagszeit treffen, und dies nicht etwa in einem Restaurant oder einem Imbiss, um dort gemeinsam zu speisen. Stattdessen erwartete er Ruth am Ufer des Badesees und somit nicht weit von dem Deichhaus entfernt, das bald ihr neues Zuhause werden sollte.

»Herr Wieler wollte sich weder auf eine andere Uhrzeit noch auf einen anderen Treffpunkt einlassen«, hatte Alice erklärt, der die Sache ein bisschen unangenehm zu sein schien. »Er meinte, dass er sich so oder so am See aufhalten würde und es Ihre Sache wäre, ob Sie dazustoßen oder nicht.«

Ruth hatte der Streifenpolizistin versichert, dass ihr dieser Termin so recht war wie jeder andere, wenn Wieler ihnen nur endlich einen Hinweis lieferte, der sie in dem mysteriösen Einbruchsfall weiterbrachte. Daraufhin hatte sie das Gespräch beendet und sich bei ihren Begleitern für die Störung entschuldigt. Insgeheim hatte sie befürchtet, dass sich das Tischgespräch nun doch noch um Polizeiarbeit drehen würde. Aber keiner der am Tisch Sitzenden nahm Ruths Telefonat zum Anlass, Derartiges zu tun. Stattdessen wurde die Unterhaltung nahtlos fortgeführt und dabei eher private Themen angeschnitten. Die Gesellschaft redete über Greetsiel, die Krummhörn und Ostfriesland im Allgemeinen. Allen Anwesenden, Ruth eingeschlossen, war gemein, dass sie sich in diesem Landstrich ausgesprochen wohlfühlten. Ruth konnte sich nicht erinnern, wann sie zuletzt so unverkrampft einer »geselligen Runde« beigewohnt hatte.

Daran musste sie auch jetzt wieder denken, als sie mit hinter dem Nacken verschränkten Händen auf dem Rücken in ihrem Bett lag und verträumt zu dem kleinen Fenster ihrer Mansarde hinüberblickte. Felix – sie hatten sich schon nach kurzer Zeit darauf geeinigt, sich mit den Vornamen anzusprechen – unterhielt ein ungezwungenes, freundschaftliches Verhältnis zu seinen Untergebenen, wofür Ruth ihn insgeheim bewunderte. Diese Charaktereigenschaft war allerdings nicht das Einzige, was sie an dem Kapitän faszinierte. Felix war ein humorvoller, gebildeter Mann. Sein Umgang fiel mitunter ein wenig förmlich aus, dafür erlaubte er sich aber auch keinerlei Entgleisungen. Seine Mitmenschen behandelte er mit Respekt, der hin und wieder mit einem schelmischen Augenzwinkern versehen war ...

Ruth lächelte verklärt, als ihr bewusst wurde, dass sie wegen dieses Mannes erneut ins Schwärmen geraten war. Das passte so gar nicht zu ihr. Sie musste allerdings zugeben, dass sie sich dem Charme des Kapitäns nur schwer entziehen konnte. Andernfalls hätte sie sich auch kaum darauf eingelassen, nach dem Essen und nachdem sie sich von den beiden Pärchen verabschiedet hatten, noch einige Stunden mit Seitz durch die Kneipen zu ziehen. Dabei war es äußerst gesittet zugegangen. Sich zu betrinken und Ruth im Rausch womöglich rumzukriegen, das hatte ganz und gar nicht in Felix' Absicht gelegen. Stattdessen hatten sie über ihre Vergangenheit gesprochen. Ruth hatte erfahren, dass Seitz durchaus schon einmal verheiratet gewesen war. Die Ehe hatte jedoch nicht lange gehalten und war vor fünf Jahren geschieden worden. Seitdem lebte der Kapitän der Wasserschutzpolizei seinen eigenen Angaben zufolge allein.

Ruth war gewillt, ihm das zu glauben, und hatte ihrerseits dann von ihrem bewegten Leben in Hamburg erzählt. Dabei kam sie auch auf Clarissa zu sprechen. Während sie Felix von ihrem verkorksten Verhältnis zu ihrer Tochter erzählte, hatte sie überrascht festgestellt, dass sie zuvor noch mit niemand so ausführlich über dieses Thema gesprochen hatte ...

Die Hauptkommissarin zog die Hände hinter dem Nacken hervor und rieb sich das Gesicht. »Genug geschwelgt«, sagte sie zu sich selbst. »Sieh zu, dass du auf die Beine kommst!«

Sie blieb dann aber noch einen kurzen Moment liegen. Mit den Fingerspitzen berührte sie ihre Lippen und dachte an den Kuss, den sie Felix auf die Wange gehaucht hatte, als sie sich vor der Pension voneinander verabschiedet hatten. Er war kurz überrascht gewesen, aber dann machte sich ein Ausdruck auf seinem markanten Gesicht breit, der verriet, dass er mit Ruths vorpreschendem Verhalten durchaus einverstanden gewesen war …

Mit einem Lächeln auf den Lippen schwang Ruth die Beine aus dem Bett. Als sie sich eine Dreiviertelstunde später frisch geduscht auf den Weg in den Frühstücksraum machte, beschloss sie, Hagen anzuweisen, sie bei dem Treffen mit Peer Wieler zu begleiten. Ein Zusammentreffen mit dem altgedienten Kriminologen konnte dem frischgebackenen Kommissar bestimmt nicht schaden.

*

Hagen verzog wie unter Schmerzen das Gesicht. Wegen der Schlaglöcher schaukelte der BMW heftig. Eine schief gewachsene Maispflanze peitschte über die Windschutzscheibe. »Sie wissen aber schon, dass es einen bequemeren Weg zum Badesee gibt?«, sagte er an seine Beifahrerin gerichtet.

»Diese Fahrt würde weniger holprig ablaufen, wenn Sie nicht so rasen würden«, gab Ruth zurück.

Hagen feixte. »Es fällt schwer, mit diesem flotten Dienstwagen langsam zu fahren.«

Ruth deutete nach vorn. »Wir sind jetzt gleich da«, warnte sie.

Hagen verlangsamte das Tempo. Im nächsten Moment glitt der Wagen zwischen den Maisfeldern hervor. Vor ihnen erstreckte sich der Inlanddeich und linker Hand erhob sich das alte strohgedeckte Friesenhaus. Hagen stoppte den BMW neben dem Gebäude. Er beugte sich vor und betrachtete das Deichhaus kritisch. »Sind Sie sich sicher, dass Sie diesen alten Kasten tatsächlich kaufen möchten?«

»Ich habe Sie nicht hierhergebracht, um mir Ihr Urteil über dieses Haus anzuhören«, gab Ruth frostig zurück. »Aber ja: Ich werde das Deichhaus kaufen und auch darin wohnen.«

Hagen sah sie von der Seite an. »Ich schätze, das Gebäude passt zu Ihnen.«

»Wie ist das denn gemeint?«

Hagen lächelte. »Es ist eigenwillig und einsam gelegen.«

Ruth winkte ab. »Verschonen Sie mich mit Ihren schulpsychologischen Weisheiten. Machen wir uns lieber an die Arbeit.« Sie stieg aus und kramte den Hausschlüssel aus ihrer Handtasche hervor. Da die Verträge bereits unterschrieben waren, hatte Moritz Saferies ihn ihr nur zu gerne überlassen.

Folgsam trottete Hagen hinter seiner Vorgesetzten her, während diese auf die Haustür zuschritt.

»Wir werfen nur einen kurzen Blick hinein«, teilte Ruth ihm mit, als sie aufschloss. »Ich will lediglich überprüfen, ob unsere Widersacher für mich erneut eine Überraschung im Haus platziert haben.«

»Unsere Widersacher«, echote Hagen. »Sie scheinen noch immer fest davon auszugehen, dass die Leute, die Ihnen diese makabren Streiche gespielt haben, dieselben sind, die ins Kontor des Fischereibetriebes eingebrochen sind.«

»Die Übereinstimmungen, die es in beiden Fällen gibt, sind unsere einzigen Anhaltspunkte, die wir zurzeit haben.« Ruth stieß die Tür auf und trat ein. »Also werden wir gründlich vorgehen und wachsam sein.«

Hagen folgte ihr und blickte sich in der Diele aufmerksam um. »Fällt Ihnen etwas Ungewöhnliches auf?«, fragte er zurückhaltend. »Ich kann jedenfalls nichts Seltsames feststellen, außer dass es hier ganz schön leer und trostlos aussieht.«

Ruth deutete zum Deckenbalken empor. »Dort hat sich Dirk Eckart angeblich aufgehängt«, berichtete sie. »An derselben Stelle hing auch die Strohpuppe.«

»Jetzt scheint aber alles in Ordnung zu sein«, merkte Hagen an.

Ruth nickte. »Wir sehen uns trotzdem kurz überall um«, entschied sie. »Gehen Sie nach oben. Ich überprüfe die Räume im Erdgeschoss und im Keller.«

Einige Minuten später trafen sich die Ermittler erneut in der Diele. Hagen schüttelte den Kopf. »Oben ist alles sauber – im wahrsten Sinne des Wortes. Die Treppe macht allerdings keinen besonders vertrauenserweckenden Eindruck. Sie sollten sie sanieren lassen, ehe sie unter Ihnen zusammenbricht.«

»So schwer bin ich nun auch wieder nicht«, gab Ruth unterkühlt zurück.

Hagen hob beschwichtigend die Hände. »So war das auch gar nicht gemeint.«

Amüsiert winkte Ruth ab. »Ich habe auch nichts Ungewöhnliches entdecken können«, sagte sie dann. »Abgesehen von einem jungen Kommissar, der sich leicht ins Bockshorn jagen lässt.«

Die beiden verließen das Haus. Nachdem Ruth hinter sich abgeschlossen hatte, blickte sie auf ihre Uhr. »Es ist jetzt kurz vor eins. Es wird Zeit, dass wir rüber zum See gehen und nach Hauptkommissar Wieler Ausschau halten.«

*

Um die Mittagszeit hielten sich nur einige wenige Badegäste am Strandabschnitt des Sees auf. Eine Familie mit zwei Kindern veranstaltete bei einer hölzernen Sitzgarnitur ein Picknick und ein paar Jugendliche tummelten sich im Sand. Von hier aus erstreckte sich das Gewässer einen halben Kilometer nach Westen. An seiner breitesten Stelle maß der See ein wenig mehr als zweihundert Meter. Hohe Gräser und Schilf wuchsen entlang des Ufers.

Hagen, der die Augen mit der Hand beschattete, spähte angestrengt umher. »Von den Leuten am Strand abgesehen, ist weit und breit keine Menschenseele zu sehen«, stellte er fest.

Ruth holte das kleine Fernglas hervor, das sie in ihrem Dachbodenzimmer gefunden hatte, und suchte damit das Ufer ab. Schließlich deutete sie zur linken Seeseite hinüber. »Dort hinten hält sich mindestens ein Angler auf«, sagte sie. »Ich meine, zwei Angelruten auszumachen. Die Angler selbst sind vom Schilf verdeckt und nicht sichtbar.«

»Sie glauben, wir werden den alten Wieler dort antreffen?«, fragte Hagen zweifelnd.

Ruth nickte überzeugt. »Er angelt für sein Leben gerne, hat Alice mir berichtet.«

Die beiden Kriminologen marschierten los. Einige Minuten später erreichten sie einen Abschnitt, der als Anglerareal ausgewiesen wurde. Dort trafen sie auf einen älteren Herrn, dessen ergrautes Haar struppig unter einem Anglerhut hervorschaute. Der Mann blickte sinnierend auf den See und schien die Personen, die sich ihm von hinten näherten, nicht wahrzunehmen. Er saß auf einem niedrigen Klappstuhl, vor sich zwei Angeln, die in einer Halterung im Boden steckten. Neben ihm stand ein mit Wasser gefüllter Eimer, der ansonsten jedoch leer war.

»Peer Wieler?«, sprach Ruth den Mann an. »Sind Sie Peer Wieler?« Der Angler machte sich nicht die Mühe, sich zu den Polizisten umzudrehen. »Ich würde Ihnen ja gerne einen Stuhl anbieten, Frau Fasan«, sagte er. »Aber ich habe nur diesen einen.«

Ruth und Hagen traten neben den Mann, der daraufhin blinzelnd zu ihnen aufblickte. Ein weißer, gestutzter Bart zierte das faltige Gesicht. Die blauen Augen blickten ruhig und gelassen. »Sie haben jemanden mitgebracht«, stellte er fest und widmete sich dann erneut seinen Angeln.

Ruth stellte Wieler ihren jungen Kollegen vor.

»Ich hoffe, Sie verzeihen mir, dass ich noch nicht bei der neuen Polizeistation vorbeigeschaut habe«, sagte Wieler daraufhin. »Seit ich in Rente bin, habe ich kaum noch Zeit.«

»Das höre ich oft von Leuten, die im Ruhestand sind«, gab Ruth lächelnd zurück. »Sie haben ja auch wahrlich Wichtigeres zu tun, wie ich sehe.«

Wieler nickte. »Durchaus. Die Polizeiarbeit bedeutet mir nicht mehr sehr viel. Jetzt sind andere an der Reihe, die Verbrechen aufzuklären.«

»Ich hoffe, Sie nehmen es uns nicht übel, dass wir Sie ein wenig für unsere aktuellen Ermittlungen einspannen müssen«, sagte Ruth.

Wieler machte eine unbestimmte Geste. »Schießen Sie los. Was haben Sie denn auf dem Herzen? Machen Sie dabei aber möglichst keinen Lärm, Sie vertreiben sonst die Fische.«

Hagen verdrehte die Augen, aber Ruth gab ihm mit einer Geste zu verstehen, Ruhe zu bewahren. »Frau Bergmann hat Ihnen ja bereits erzählt, worum es geht«, sagte sie.

»Sie wollen Informationen über Dirk Eckart.« Wieler beugte sich vor, nahm eine der Angeln aus dem Rutenhalter und holte die Schnur ein. Eine rot-weiß gestreifte Pose pflügte eine keilförmige Welle durchs Wasser, während sie an der Angelsehne hängend zum Ufer gezogen wurde. »Ich verstehe nicht ganz, was der Tod von Herrn Eckart mit dem Einbruch im Fischereibetrieb zu tun haben soll.«

Befriedigt nahm Ruth zur Kenntnis, dass Wieler über die Polizeiarbeit in Greetsiel durchaus auf dem Laufenden war. Und nun fragte er sich offenbar, wie das Einbruchsdelikt mit dem Ableben des Künstlers in Zusammenhang stand.

»Sie haben sicher davon gehört, dass es in dem Deichhaus angeblich nicht mit rechten Dingen zugehen soll«, sagte sie.

Wieler lachte freudlos auf, holte mit der Angel aus und warf den Köder erneut aus. »Wollen Sie mich etwa mit Geschichten über das Spöökhuus langweilen?«

»Moritz Saferies, der Makler, der mit dem Verkauf des Deichhauses betraut wurde, hatte mehrmals Anzeige wegen Vandalismus erstattet«, setzte Ruth an.

Wieler steckte die Rute in die Halterung zurück. »Zu dieser Zeit war ich bereits in Rente«, sagte er und lehnte sich in seinem Klappstuhl zurück. »Die Kollegen in Emden haben sich um diese Angelegenheit gekümmert. Rausgekommen ist dabei allerdings nichts, wie Sie bestimmt längst wissen.«

Ruth fand, dass sie nun lange genug um den heißen Brei herumgeredet hatte. »Mir ist zu Ohren gekommen, dass Dirk Eckart ermordet worden sein könnte«, ließ sie die Katze aus dem Sack.

Wieler fuhr herum und starrte die Kriminologin durchdringend an. »Spöökhuus, angeblicher Mord!«, rief er aus. »Gehört es etwa zu den Gepflogenheiten der Hamburger Polizei, während der Ermittlungen Klatsch und Gerüchten eine besondere Bedeutung beizumessen? Oder verfolgen Sie diese Strategie nur hier in Ostfriesland, weil Sie meinen, es mit abergläubischen Hinterwäldlern zu tun zu haben?«

Ruth ließ sich nicht beirren. »Sie hatten damals selbst in diese Richtung ermittelt«, rief sie dem Pensionär in Erinnerung.

Wieler winkte ab und drehte sich dem See zu. »Das tat ich nur, weil die Tochter des Toten sonst keine Ruhe gegeben hätte.«

»Was veranlasste Alberta Eckart denn zu glauben, ihr Vater hätte keinen Selbstmord begangen?«, hakte Ruth nach.

»Es wurde kein Abschiedsbrief gefunden, das war alles.«

»Das ist doch auch ziemlich ungewöhnlich«, merkte Hagen an.

Wieler warf dem jungen Kommissar einen vernichtenden Blick zu. »Was wissen Sie denn schon?«

»Mein Kollege hat recht«, bekräftigte Ruth. »Es kommt eher selten vor, dass ein Mensch, der freiwillig aus dem Leben scheidet, für seine Hinterbliebenen keine schriftliche Erklärung hinterlässt, in der er sein Tun rechtfertigt. Wie haben Sie sich das Fehlen eines solchen Abschiedsbriefes erklärt?«

»Dirk Eckart hatte vorher schon seit geraumer Zeit seelische Probleme gehabt«, gab Wieler zurück. »Der Selbstmord war offenbar eine Kurzschlusshandlung. An seine Verwandten hatte er dabei nicht gedacht. Das wundert mich auch nicht; sie hatten in seinem Leben sowieso keine große Rolle gespielt.«

»Wie kamen Sie zu dieser Einschätzung?«, fragte Ruth.

»Ich habe lange und ausführlich mit Malte Sinten gesprochen«, erklärte Wieler. »Herr Sinten ist ebenfalls Künstler, lebt in Greetsiel und war Herr Eckarts bester und einziger Freund. Er hat Herrn Eckart mir gegenüber als gebrochenen Mann beschrieben, der keinen Sinn mehr in seinem Leben gesehen und oft davon gesprochen hatte, sich umzubringen.«

»Was waren die Gründe dafür?«, schaltete sich Hagen erneut ein.

»Daran kann ich mich nicht mehr erinnern.« Wieler strich sich nervös über den Bart. »Die Akten mit den Gesprächsprotokollen wurden im Feuer leider alle vernichtet. Sie müssten also Herrn Sinten fragen. Der wird Ihnen in dieser Sache sicherlich weiterhelfen können.«

Ruth klopfte Grassamen von ihrem Hosenbein. »Gab es über den fehlenden Abschiedsbrief hinaus denn noch weitere Anhaltspunkte, die die Tochter in ihrem Verdacht bestärkt haben, ihr Vater könnte ermordet worden sein?«, fragte sie.

Wieler begann sich unbehaglich in seinem Stuhl zu bewegen. »Alberta hat ihren Vater im Grunde überhaupt nicht gekannt«, sagte er, anstatt auf Ruths Frage zu antworten. »Sie hatte ihn in all den Jahren nur etwa ein Dutzend Mal in Greetsiel besucht. Ihre Mutter wiederum hat sich gar nicht blicken lassen. Dirk Eckart war für Alberta im Grunde ein Unbekannter. Ich glaube, sie wollte einfach nur nicht wahrhaben, dass ihr Vater freiwillig aus dem Leben geschieden ist. Das Fehlen des Abschiedsbriefes hat sie meines Erachtens völlig überbewertet.«

»Was haben Sie denn eigentlich unternommen, um dem Verdacht der Tochter nachzugehen?«, wollte Hagen wissen.

Wieler sah den jungen Mann scharf an. »Ich lass mir von einem Grünschnabel wie Ihnen ganz sicherlich nicht vorwerfen, schlampig gearbeitet zu haben«, giftete er.

»Herr Reese muss Ihnen diese Fragen stellen, da wir die Akten ja nicht zurate ziehen können«, beschwichtigte Ruth.

»Weil Sie leider versäumt haben, die Formulare rechtzeitig zu digitalisieren«, fügte Hagen grimmig hinzu.

»Pah!«, rief Wieler trotzig aus. »Ich habe es eben nicht eingesehen, mich auf meine alten Tage noch in diesen modernen technischen Kram einzuarbeiten. Die guten alten Papierakten haben es vorher doch auch getan.«

»Ihrer Sturheit in Bezug auf die Digitalisierung haben Sie es nun zu verdanken, dass wir Sie beim Angeln stören müssen«, gab Ruth gelassen zurück. »Anstatt am Computer Nachforschungen anzustellen, mussten wir einen Ausflug an diesen wunderschönen Badesee machen. Und nun beantworten Sie bitte die Frage meines Kollegen.«

Wieler verschränkte die Arme vor der Brust. »Ich habe das Deichhaus noch einmal gründlich durchsucht, als Alberta mir mit ihrer Mordtheorie in den Ohren lag. Das hatte ich zuvor natürlich auch getan, nachdem ich über den Selbstmord unterrichtet wurde. Der Fundort wurde von mir genauestens in Augenschein genommen. Aber weder bei der ersten noch bei der dann später noch einmal durchgeführten kriminologischen Untersuchung sind irgendwelche Anhaltspunkte aufgetaucht, die Albertas Verdacht in irgendeiner Weise untermauert hätten.«

»Wer hatte den Erhängten denn überhaupt gefunden?«, erkundigte sich Hagen.

»Malte Sinten«, antwortete Wieler kurz angebunden. »Er hatte seinen Freund telefonisch nicht erreichen können und sich Sorgen gemacht«, ging er dann aber ein wenig ausführlicher auf die Frage ein. »Als er beim Deichhaus ankam, wurde auf sein Klingeln und Klopfen nicht reagiert. Da er das Haus unverschlossen vorfand, ging er hinein – und da hing sein Freund dann an einem Strick vom Deckenbalken.« Wieler beugte sich vor, weil eine der Posen plötzlich heftig zu wippen anfing. Blitzschnell packte er die Angel und riss sie so ungestüm hoch, dass Ruth und Hagen vorsichtshalber einen Schritt zur Seite traten. Aber der Haken am Ende der Schnur war leer. Der Fisch hatte den Wurm lediglich abgekaut.

Verdrossen drehte Wieler an der Multirolle. Sie gab ein gleichmäßiges Surren von sich, während die Angelsehne aufwickelte. »Ich verstehe noch immer nicht, was der bedauerliche Tod dieses Künstlers mit dem Einbruch im Fischereibetrieb zu tun haben soll«, sagte er derweil. »Geht es Ihnen am Ende nur darum, den Preis des Deichhauses zu drücken, Frau Fasan? Es kräht ja schon jeder Hahn vom Dach herunter, dass Sie das Spöökhuus zu kaufen beabsichtigen. Der Umstand, dass dort ein Mord verübt worden sein könnte, könnte den Preis womöglich …«

»Ich habe den Vertrag längst unterzeichnet«, stellte Ruth klar.

Wieler gab sich überrascht. »Wo also besteht der Zusammenhang zwischen diesen beiden Ärgernissen?«

Als Hagen zu einer Antwort ansetzen wollte, gab Ruth ihm mit einer Geste zu verstehen, zu schweigen. »Das versuchen wir gerade herauszufinden«, sagte sie stattdessen.

»Das alles kommt mir ziemlich unausgegoren vor«, äußerte sich Wieler kritisch.

»Das muss Sie nicht kümmern.« Ruth deutete auf die Angelruten. »Wir wollen Ihre kostbare Zeit nun nicht länger in Anspruch nehmen.«

Wieler schob seinen Hut zurecht. »Konnte ich Ihnen denn in irgendeiner Weise helfen?«

Ruth lächelte unverbindlich. »Petri Heil«, wünschte sie und wandte sich ab.

Hagen verabschiedete sich hastig von dem Pensionär und beeilte sich, zu seiner Chefin aufzuschließen. »Warum wollten Sie Herrn Wieler nichts von den Übereinstimmungen dieser Fälle mitteilen?«, fragte er mit gedämpfter Stimme, als sie den Kiesweg erreichten.

Ruth zuckte mit den Schultern. »Ich möchte, dass wir diese Dinge vorerst nicht an die große Glocke hängen. Das Wissen um die nahezu identische Vorgehensweise während der Einbrüche im Deichhaus und im Kontor des Fischereibetriebes ist alles, womit wir derzeit arbeiten können. Auch dass ein Gemälde von Dirk Eckart gestohlen wurde, der eventuell einem Mord zum Opfer fiel, ist ein zu wichtiges Indiz, um es bei jeder sich bietenden Gelegenheit auszuspielen. Ich halte es für besser, diese Asse im Ärmel zu behalten. Die Täter sollen nach Möglichkeit nichts davon erfahren.«

Hagen furchte die Stirn. »Sie befürchten anscheinend, dass Herr Wieler anderen Personen von unserem Gespräch erzählen könnte. Oder glauben Sie etwa, er könnte in diese Angelegenheiten irgendwie involviert sein?«

»Beides wäre durchaus denkbar – ebenso aber auch das genaue Gegenteil.«

Hagen seufzte. »Und was unternehmen wir jetzt?«

»Wir befolgen Herrn Wielers Rat und suchen Malte Sinten auf«, gab Ruth zurück. »Wir werden diesem Künstler mal ein bisschen auf den Zahn fühlen. Immerhin war er Dirk Eckarts bester Freund und hatte ihn damals erhängt im Deichhaus aufgefunden.«

Hagen riss im Vorbeigehen ein paar Grashalme aus und spielte damit herum. »Der Name Malte Sinten war bei unserem ersten Mordfall schon einmal aufgetaucht«, erinnerte er sich.

»So ist es«, bestätigte Ruth. »Es hatte sich jedoch herausgestellt, dass er nichts mit dem Mord an dem Fischer zu tun gehabt hatte.«

»Bei den Kollegen in Emden war Herr Sinten auch schon einmal auffällig geworden. Das hatten meine damaligen Recherchen ergeben.«

Ruth nickte. »Er stand im Verdacht, mit gefälschten Kunstwerken zu tun zu haben. Die Kollegen kamen aber zu dem Schluss, dass Herr Sinten unwissentlich in diese Kreise geraten war.«

Hagen warf die Gräser von sich. »Und jetzt befindet sich Herr Sinten schon wieder im Fadenkreuz von polizeilichen Ermittlungen. Das ist bemerkenswert, finden Sie nicht auch?«

Die beiden erklommen den Inlandsdeich. »Wir werden trotzdem unvoreingenommen an dieses Treffen herangehen«, mahnte Ruth.

»Klar«, erwiderte Hagen leichthin. »Das versteht sich von selbst.«

*

Malte Sinten wohnte in einer Seitenstraße nicht weit vom Greetsieler Ortszentrum entfernt. Das kleine Einfamilienhaus diente dem Künstler sowohl als Wohnung als auch als Atelier. Den Vorgarten bevölkerten etliche aus Alteisen zusammengeschweißte Plastiken. Die ein bis zwei Meter hohen Figuren stellten Meerestiere oder Sagengestalten wie etwa Meerjungfrauen oder mit einem Dreizack bewaffnete Meeresgötter dar. Kleine Blechschilder hingen an Kettchen an den Skulpturen.

Hagen nahm eines der Schildchen zur Hand. »Es steht der Name von Friedrich Hellmann darauf, und nicht mehr der von Malte Sinten«, stellte er fest.

Ruth zeigte sich verblüfft. »Offenbar hat Herr Hellmann beschlossen, seine Urheberschaft an diesen Skulpturen nicht länger zu verheimlichen und vorzugeben, Herr Sinten hätte sie angefertigt. Bestimmt haben seine Frau und seine Tochter ihn zu diesem Schritt ermutigt. Unsere Ermittlungen zum Tod seines Bruders hatten Herrn Hellmanns künstlerisches Schaffen ja erst ans Tageslicht gebracht.«

Hagen hängte das Schild an seinen Platz zurück. »Dass sich Herr Sinten auf diese Irreführung seiner Kunden überhaupt eingelassen hatte, wirft zusätzlich ein schlechtes Licht auf diesen Künstler«, meinte er.

Die beiden Ermittler gingen auf das Haus zu. In den zu Schaukästen umgebauten Fenstern hingen Landschaftsbilder, die entweder mit Öl-, Acryl- oder Aquarellfarben gemalt worden waren. Das Meer bei Sonnenaufgang, die Zwillingsmühlen von Greetsiel, der Fischereihafen oder der Pilsumer Leuchtturm zählten offenkundig zu den Lieblingsmotiven des Künstlers. Die Bilder waren in einem realistischen, leicht romantisierenden Stil gehalten und sahen durchaus ansprechend aus.

»Ob Herr Sinten die überhaupt selbst gemalt hat?«, fragte Hagen launisch. »Oder stammen die Bilder womöglich von anderen Leuten, die sie nur unter Sintens Namen verkaufen lassen?«

»Das wäre in der Tat ein starkes Stück, zumal die Werke alle mit Herrn Sintens Unterschrift versehen sind.« Ruth deutete auf das Schild mit den Öffnungszeiten darauf, das an der Tür hing. »Das Atelier hat geöffnet. Gehen wir rein und unterhalten uns ein wenig mit dem Künstler.«

*

Der Ausstellungsraum nahm fast die gesamte Hausbreite ein und war hell erleuchtet. Mit Gemälden vollgehängte Stellwände unterteilten das Zimmer in mehrere Bereiche oder bildeten Nischen. Ruth und Hagen schlenderten ein wenig umher, darauf vertrauend, dass die elektronische Ladenglocke, die während ihres Eintretens losgeplärrt hatte, den Künstler herbeirufen würde. Ob sie zurzeit die einzigen Besucher waren, ließ sich nicht erkennen, denn der Verkaufsraum war wegen der Trennwände extrem unübersichtlich.

Ruth musste feststellen, dass die Gemälde durchweg in einem einheitlichen Stil angefertigt worden waren. Es erschien ihr daher nicht sehr wahrscheinlich, dass die Bilder von mehreren anderen Personen gemalt worden waren, wie Hagen vorhin nicht ganz ernstgemeint vermutet hatte. Als sie eine der Stellwände umrundete, bemerkte sie, dass sie in dem Ausstellungsbereich nicht allein waren.

Ein in einen eleganten Anzug gekleideter Mann, der sich auf einen Spazierstock stützte, stand vor einem Tisch, der offenbar als Verkaufstresen diente. Der Mann hatte Ruth den Rücken zugekehrt und betrachtete ein Gemälde, das neben einer Tür an der Wand hing. Dieses Ölbild unterschied sich frappierend von den anderen im Atelier ausgestellten Gemälden. Die düstere Atmosphäre und die sorgfältige Ausgestaltung der Figuren erinnerten eher an die Werke alter Meister. Auf dem Gemälde war ein Fischkutter auf hoher See zu sehen. Ein dramatisch düsterer Himmel, aus dem einige wenige Sonnenstrahlen hervorstachen, überwölbte die Szene. Die Wellen tosten und der Wind peitschte über das Deck des Kutters. Fischer holten ein mit Fang gefülltes Netz ein. Ihre Posen und Körperhaltungen deuteten auf harte Knochenarbeit hin.

Während Ruth das Bild betrachtete, trat sie langsam näher. Beiläufig bemerkte sie, dass der Fremde sich zu ihr umdrehte. Er hatte ein schmales gebräuntes Gesicht, kurzes blondes Haar und wirkte äußerst gepflegt. Seine eisgrauen Augen ruhten interessiert auf der Hauptkommissarin.

»Ein beeindruckendes Gemälde, nicht wahr?«, sprach er sie schließlich an und deutete mit der Spitze des Spazierstocks auf das Ölbild. Der Handgriff der Gehhilfe war versilbert und endete in einem Löwenkopf.

Ruth nickte beipflichtend. Im selben Moment bemerkte sie die Signatur am unteren rechten Rand der Malerei. Sie blinzelte erstaunt. »Dieses Bild haben Malte Sinten und Dirk Eckart gemeinsam geschaffen?«

Der Mann lächelte. »Offenbar kennen Sie sich in der hiesigen Kunstszene recht gut aus.«

Ruth zuckte mit den Schultern. »Mehr oder weniger.«

In diesem Moment schwang die Tür neben dem Ölgemälde auf und ein schlaksiger Mann erschien. Das dunkle Haar stand ihm ein wenig wirr vom Kopf ab, und das hagere Gesicht sah blass und ungesund aus. Er trug einen bemalten Papierbogen auf den Händen vor sich her und gebärdete sich dabei wie ein Juwelier, der einem Kunden ein Tablett mit besonders wertvollen Schmuckstücken offerierte. Er bedachte Ruth mit einem freundlichen Nicken und legte das Blatt dann mit den Worten »Hier ist es also« auf dem Tisch ab. Erwartungsvoll sah er den Mann im Anzug an.

Ruth konnte nicht umhin, einen Blick auf das Bild zu werfen. Es handelte sich um ein Aquarell und trug eindeutig Malte Sintens künstlerische Handschrift. Das Motiv war allerdings eher ungewöhnlich. Es war eine moderne, schnittige Motoryacht zu sehen. Ruth erkannte das Boot sofort wieder. Es handelte sich um jene graue Yacht mit dem silbernen Rumpfstreifen und den dunkel getönten Scheiben, die sie im Greetsieler Hafen beobachtet hatte. Das Boot fuhr – offenbar in hohem Tempo, wie die gemalte Bugwelle andeutete – durch das Leyhörner Sieltief. Die Gräser auf dem Deich wurden vom Wind niedergedrückt und auch die Wolken am Himmel wirkten extrem dynamisch, sodass insgesamt der Eindruck von eleganter Geschwindigkeit vermittelt wurde.

Der Kunde gab ein zufriedenes Brummen von sich. »Sie haben meinen *Silberpfeil* gut getroffen«, lobte er. »Aber das habe ich von Ihnen auch nicht anders erwartet.«

»Soll ich Ihnen das Bild einpacken?«, erkundigte sich der Schlaksige, von dem Ruth annahm, dass es sich um den Künstler handelte. Sie war Malte Sinten bisher noch nicht persönlich begegnet.

»Bitte – ja. Den Betrag überweise ich dann wie gehabt auf Ihr Konto.«

Sinten zog Seidenpapier unter dem Tisch hervor und schlug das Bild darin ein. Dabei warf er Ruth einen flüchtigen Blick zu. »Was kann ich für Sie tun?«, erkundigte er sich, während er mit seiner Arbeit fortfuhr.

»Dazu kommen wir später«, erwiderte Ruth und lächelte höflich.

Hagen kam hinter einer Stellwand hervor und gesellte sich zu ihnen. Sinten schien nun ein wenig nervös zu werden. Er beeilte sich, das Aquarellbild fachgerecht zu verpacken, und überreichte es anschließend dem Kunden. Den schien Ruths seltsame Ankündigung neugierig gemacht zu haben. Sein Blick ging zwischen der Hauptkommissarin und Hagen hin und her. Da aber keiner von beiden Anstalten machte, sich näher zu erklären, klemmte er sich das Bild schließlich unter den Arm, verabschiedete sich freundlich und verließ das Atelier.

Ruth wartete, bis der elektronische Klingelton verhallt war, den das Öffnen der Tür hervorgerufen hatte. Dann erst zückte sie ihren Dienstausweis und hielt ihn Malte Sinten unter die Nase.

*

72

»Polizei?«, fragte Sinten entgeistert. »Was … wollen Sie denn von mir?«

»Wir stellen Ermittlungen über Ihren Freund Dirk Eckart an«, erklärte Ruth.

»Aber … der ist doch schon lange tot.«

Ruth lächelte liebenswürdig. »Das ist uns durchaus bekannt.«

Sinten nickte abgehackt. »Natürlich. Ich meinte auch eher, dass es mich wundert, dass seitens der Polizei jetzt noch Interesse an Dirk besteht.« Er sah die Kriminologen finster an. »Es geht hoffentlich nicht um dieses unsägliche Gerücht, mein Freund wäre ermordet worden?«

»Sie halten das offenbar für ausgeschlossen«, merkte Hagen an.

»Ja … unbedingt«, eiferte sich der Künstler. »Es gab vorher schon Anzeichen dafür, dass Dirk seines Lebens überdrüssig war. Wir hatten uns oft darüber unterhalten, und jedes Mal habe ich verzweifelt versucht, Dirks Lebensmut zu stärken.« Tief atmete Sinten durch. »Aber dann hat es ihn doch übermannt und er hat sich einen Strick genommen.«

»Sie haben Dirk Eckart damals tot aufgefunden«, sagte Ruth.

Sinten starrte betrübt vor sich hin. »Es war schrecklich. Diesen Anblick werde ich mein Lebtag nicht vergessen.«

»Was haben Sie getan, als Sie Ihren Freund erhängt vor sich sahen?«, wollte Hagen wissen.

»Ich bin rückwärts aus dem Haus gestolpert und habe die Polizei verständigt«, berichtete Sinten. »Hauptkommissar Wieler hat sich dann um alles gekümmert.«

»Sie haben in dem Haus nichts angefasst oder verändert?«, bohrte Hagen nach.

Sinten sah ihn bestürzt an. »Nein … warum sollte ich?«

Ruth schaltete sich erneut ein: »Warum wollte Ihr Freund seinem Leben denn ein Ende setzen, Herr Sinten?«

Der Künstler zuckte vage mit den Schultern. »Dirk war ein sensibler Mensch. Er … er litt unter Schwermut. Vielleicht war er sogar depressiv. Er driftete immer mehr in diese dunkle Welt ab. Zum Schluss konnte ich kaum noch bis zu ihm durchdringen.«

»War er in ärztlicher Behandlung gewesen?«, erkundigte sich Ruth. »Diese Symptome sind durchaus behandelbar.«

»Dirk hatte sich strikt geweigert, einen Arzt aufzusuchen.«

»Sie hätten ihn etwas nachdrücklicher dazu drängen können«, warf Hagen nicht sehr feinfühlig ein.

Sinten wurde noch eine Spur blasser. »Wollen Sie mich etwa für seinen Tod verantwortlich machen?« Er wich taumelnd einen Schritt zurück. »Hat Alberta diese neuerlichen polizeilichen Ermittlungen angestrengt?« Ein lauernder Ausdruck machte sich auf seinem Gesicht breit. »Es würde zu diesem Luder passen, dass sie auch nach zwei Jahren noch immer keine Ruhe gibt. Dass ihr Vater ermordet worden sein könnte, hat sie sich doch nur ausgedacht!«

»Warum sollte sie?«, fragte Ruth interessiert.

»Weil … weil …« Sinten hob die Arme und ließ sie wieder sinken. »Was weiß ich, warum. Vielleicht, weil sie Schuldgefühle hat. Immerhin hat sie ihren Vater nur selten besucht und sich kaum um ihn gekümmert. Vielleicht fragt sie sich, ob Dirk womöglich noch am Leben wäre, wenn sie ein wenig mehr Anteilnahme gezeigt hätte. Und damit sie das nicht fühlen muss, behauptet sie kurzerhand, dass er ermordet wurde.«

Ruth legte den Kopf schief. »Was denken Sie, warum Ihr Freund keinen Abschiedsbrief geschrieben hat?«, fragte sie geradeheraus.

Sinten wischte mit dem Handrücken über seine Nase und schniefte. »Ich weiß nicht, was zuletzt in seinem Kopf vorgegangen ist … ehrlich.« Seine Stimme klang brüchig. »Ich kann es Ihnen beim besten Willen nicht sagen.«

Ruth deutete auf das Gemälde an der Wand. »Ein bemerkenswertes Werk, das Sie da gemeinsam mit Ihrem Freund geschaffen haben«, wechselte sie das Thema.

Sinten bedachte das Bild mit einem flüchtigen Blick. »Ich wünschte, es hätte mehr Gelegenheiten gegeben, mit Dirk an einem Gemälde zu arbeiten. Wir haben uns gut ergänzt. Aber es ist nur bei dieser einen Kollaboration geblieben.«

»Wie viele Werke Ihres Freundes besitzen Sie?«, erkundigte sich Hagen wie beiläufig und schwenkte damit auf Ruths Taktik ein.

»Nur das Gemälde, das ich mit ihm zusammen gemalt habe!«, rief Sinten erbost. »Die Bilder, die sich nach seinem Tod in seinem Haus befunden hatten, hat Alberta sich alle unter den Nagel gerissen. Sie war nicht bereit, mir auch nur ein einziges zu verkaufen!«

Ruth und Hagen tauschten einen raschen Blick, sagten jedoch nichts.

Sinten schniefte erneut. »Lassen Sie sich von dieser Zicke bloß nicht für ihre Zwecke einspannen«, sagte er. »Damit reißen Sie nur alte Wunden auf. Dirk hat Suizid begangen, damit sollte sich Alberta endlich abfinden. Sie tun ihr keinen Gefallen, indem Sie die Ermittlungen …«

»Unsere Nachforschungen haben nichts mit Alberta Eckart zu tun«, stellte Ruth klar.

Sinten blinzelte indigniert. »Nicht? Aus welchem Grund haben Sie diese alten Geschichten denn sonst hervorgekramt?«

Ruth fand, dass es an der Zeit war, eines ihrer Asse auszuspielen. Sie erzählte Sinten von dem Einbruch ins Kontor des Fischereibetriebes und davon, dass dabei ein Gemälde von Dirk Eckart gestohlen worden war. Dass das Vorgehen der Einbrecher Parallelen zu den Vorkommnissen im Deichhaus aufwies, ließ sie allerdings unerwähnt. »Es handelt sich bei dem entwendeten Gemälde um das letzte Werk Ihres Freundes«, schloss sie.

Sinten nickte gedankenverloren. »Das Fischstillleben. Ich kenne dieses Bild. Wegen seiner psychischen Probleme hatte Dirk es nur unter größten Mühen vollenden können.«

»Wir denken, dass dieses Ölbild über seinen monetären Wert hinaus für gewisse Personen von besonderem Interesse sein dürfte«, äußerte sich Hagen mit neutral klingender Stimme.

Sinten starrte den jungen Kommissar aufgebracht an. »Sie denken dabei an mich, nicht wahr?«

»Warum auch nicht?«, sagte Ruth gelassen.

»Wenn ich dieses Bild hätte haben wollen, hätte ich Herrn Niehaus gefragt, ob er es mir verkauft«, erwiderte der Künstler. »Aber ich will dieses Bild gar nicht besitzen. Sein Anblick würde mich nur an die schlimme Zeit erinnern, die Dirk vor seinem Selbstmord durchgemacht hatte. Und das ist etwas, was ich mir nun wirklich nicht antun möchte.«

»Wir müssen Sie trotzdem fragen, wo Sie sich in der Nacht des Einbruchs aufgehalten haben«, entgegnete Ruth.

Sinten überlegte kurz. »Ich war zu Hause und habe an dem Aquarell für Herrn Grütter gearbeitet.« Er deutete vage auf den Tisch. »Das Bild haben Sie eben in Augenschein nehmen können.«

»Kann jemand bezeugen, dass Sie zur fraglichen Zeit in Ihrem Atelier gearbeitet haben?«, erkundigte sich Hagen.

Sinten vollführte eine hilflose Geste. »Nein … ich lebe allein. Und ich habe es auch nicht so gerne, wenn mir jemand bei der Arbeit über die Schulter sieht. Wer wollte das nachts auch schon tun?«

»Wann waren Sie zuletzt im Haus Ihres Freundes?«

Der neuerliche Themenwechsel der Hauptkommissarin brachte den Künstler sichtlich aus dem Konzept. Einen Moment lang starrte er verwirrt zwischen den Kriminologen hin und her. »Ich … nachdem ich Dirk erhängt im Deichhaus vorgefunden hatte, habe ich nie wieder einen Fuß in das Gebäude gesetzt.«

Ruth nickte. »Das ist auch nur zu verständlich.«

Sinten furchte die Stirn. »Jetzt verstehe ich«, sagte er gedehnt. »Ihre Ermittlungen hängen mit dem Deichhaus zusammen. Es wird ja gemunkelt, dass Sie ein Kaufinteresse haben, Frau Fasan.« Er stieß ein freudloses Lachen aus. »Ist es überhaupt statthaft, Privates mit Dienstlichem auf diese Weise zu verquicken? Sie treten in Ihrer Eigenschaft als Hauptkommissarin hier auf. In Wahrheit wollen Sie nur in Erfahrung bringen, ob in der Immobilie, für die Sie sich interessieren, ein Mord oder aber ein Suizid begangen wurde.«

»Wir ermitteln in einem Fall von versuchtem Totschlag«, informierte Hagen den Künstler. »Der Nachtwächter des Fischereibetriebes liegt noch immer im Koma, und ob er je wieder erwachen wird, steht in den Sternen. Außer dem Gemälde von Dirk Eckart wurde bei diesem brutalen Einbruch nichts gestohlen. Aus diesem Grund leuchten wir den Hintergrund dieses Malers gründlich aus. Dazu gehört auch, dem Verdacht nachzugehen, dass er eventuell ermordet wurde.«

»Alberta Eckart ist die Einzige, die an diesen Mord glaubt«, rief Sinten den Ermittlern in Erinnerung. Er wandte sich an Ruth. »Es gibt wahrlich schöner gelegene Häuser in Greetsiel als dieses unselige Spöökhuus. Ich fand es dort immer ein wenig unheimlich und trostlos, wenn ich Dirk besucht hatte. Wer weiß, womöglich hat das Deichhaus die trübsinnige Stimmung meines Freundes am Ende sogar befeuert. Ich würde Ihnen dringend raten, sich ein schöneres Zuhause zu suchen als ausgerechnet diese abgelegene Klitsche, in der es obendrein nicht mit rechten Dingen zugehen soll.«

»Ich finde es dort recht heimelig«, erwiderte Ruth.

»Stört es Sie denn gar nicht, dass sich ein Mann darin das Leben genommen hat?«

»Zugegeben: Angenehm ist diese Vorstellung nicht. Aber das Haus kann ja nun einmal nichts dafür. Es wäre schade, dieses Bauwerk deswegen verkommen zu lassen.«

Sinten sperrte den Mund auf, um etwas zu erwidern, zuckte dann aber nur mit den Schultern und schüttelte den Kopf, wie man den Kopf über jemanden schüttelte, den man für unbelehrbar hielt.

»Wir sind hier jetzt fertig.« Ruth ließ den Blick schweifen. »Vielleicht komme ich noch einmal wieder, um eines Ihrer Bilder zu erwerben. In der Diele des Deichhauses würde sich eine Ansicht des Wattenmeeres ganz gut machen.«

Sinten schluckte trocken, sagte jedoch nichts.

Die beiden Ermittler verabschiedeten sich und kehrten dem Atelier den Rücken. Als sie den Vorgarten mit den Skulpturen darin durchquerten, klingelte Ruths Handy. Sie kramte den Apparat hervor, und als sie den Namen ihrer Tochter auf dem Display aufscheinen sah, gab sie Hagen zu verstehen, dass er schon mal zum Wagen vorgehen sollte. Anschließend stellte sie sich neben eine Meerjungfrau und nahm das Gespräch entgegen.

*

»Hallo Liebes«, begrüßte Ruth ihre Tochter. Nervös fuhr sie mit den Fingern über das rostige Haar der eisernen Meerjungfrau, während sie sich mit der anderen Hand das Smartphone ans Ohr presste. »Es freut mich, dass du dich dazu durchringen konntest, deine Mutter zurückzurufen.«

Clarissa seufzte. »Ich weiß, es ist schon einige Zeit her, dass du auf meine Mailbox gesprochen hast. Es war mir nicht möglich, dich vorher …«

»Das sollte kein Vorwurf sein«, beeilte sich Ruth zu versichern. Sie ärgerte sich, weil sie ihre Worte nicht sorgfältiger gewählt hatte.

»Das wäre ja wohl auch unangebracht«, konterte Clarissa. »Schließlich hast du schon oft genug vergessen, dich bei mir zurückzumelden, wenn ich dich dringend sprechen wollte.«

Ruth atmete tief durch. »Ja, mein Schatz, ich weiß. Und das tut mir leid.«

»Wie auch immer. Jetzt habe ich jedenfalls ein wenig Zeit, um mit dir zu telefonieren.« Clarissa legte eine kurze Pause ein. »Aber ich weiß ja nicht, wie es bei dir aussieht. Bestimmt steckst du wieder bis zum Hals in wichtigen Mordermittlungen.«

Ruth sah zu Hagen hinüber. Ihr Kollege umrundete müßig den zivilen Dienstwagen und besah sich kritisch die Karosserie. Offenbar hielt er nach eventuellen Kratzern im Lack des Neuwagens Ausschau. »Es liegt gerade nichts Dringendes an«, erklärte sie.

»Da habe ich ja ausnahmsweise mal Glück gehabt«, giftete Clarissa. »Zeitweise hatte ich den Eindruck, dass es für dich in Greetsiel genauso hektisch zugeht wie in Hamburg.«

»Das ...«

»... Verbrechen schläft nie«, fiel Clarissa ihr ins Wort. »Diese Floskel kann ich auch schon nicht mehr hören, Mama.«

»Ich versuche es mir zu merken«, gab Ruth knapp zurück.

»Gab es für deinen Anruf ein besonderes Anliegen?«, brachte Clarissa das Gespräch auf eine sachlichere Ebene zurück.

Wegen der gereizten Stimmung brachte Ruth es nicht fertig, ihrer Tochter zu sagen, dass sie einfach nur ihre Stimme hatte hören wollen. »Ich habe in Greetsiel ein Haus gekauft«, sagte sie stattdessen.

»Was?«, entfuhr es Clarissa. Sie klang ehrlich überrascht. »Diese Sache mit Greetsiel ... es ist dir also tatsächlich ernst mit deinem Neuanfang?«

»Ja«, sagte Ruth leicht verwundert. »Hattest du etwas anderes angenommen?«

»Ich war mir nicht ganz sicher«, erwiderte Clarissa ausweichend.

»Nun ... jedenfalls habe ich ein Haus gekauft ... und einen Hamburger Makler habe ich beauftragt, meine Wohnung in der Hansestadt zu verkaufen.«

»Ich bin total baff«, gestand Clarissa. »Was gibt es in Greetsiel, das dich so sehr gepackt hat?« Sie kicherte kurz. »Hast du etwa einen neuen Verehrer?«

Ruth spürte, wie sie leicht errötete – und wie sich das Bild von Felix Seitz vor ihr inneres Auge schob. »Es ... ist nur einfach schön hier«, gab sie verlegen zurück.

»Verstehe«, sagte Clarissa in einem Tonfall, der andeutete, dass sie fest von einem neuen Verehrer als Grund für die Veränderung ihrer Mutter ausging. »Mit diesem Hauskauf fällt jetzt ja ordentlich Arbeit für dich an.«

»Jens Stadensen kümmert sich in Hamburg um alles«, erwiderte Ruth. »Er hatte noch einen Schlüssel für meine Wohnung.«

»Ich erinnere mich an ihn … ihr wart mal eine Zeit lang zusammen. Arbeitet Jens nicht in der Abteilung für Cyber-Kriminalität?«

»Richtig.«

»Und … läuft da noch was zwischen euch?«

»Wir sind Freunde. Was mal zwischen uns war, ist längst Vergangenheit. Jens hat die Dokumente für den Makler aus meiner Wohnung geholt und die Abwicklung treuhänderisch übernommen. Außerdem wird er meine Sachen in Kartons packen und sich um den Umzug kümmern.«

»Ein Pfundskerl«, sagte Clarissa anerkennend. »Ich kann mich noch erinnern, dass ich ihn eigentlich auch ganz gern gehabt habe.«

»Einen besseren Freund kann ich mir nicht wünschen.« Ruth räusperte sich. »Jetzt haben wir so viel über mich geredet. Erzähl mal ein bisschen von dir. Wie geht es dir, und was macht dein Studium?«

Zu Ruths Überraschung begann Clarissa sofort munter drauflos zu plappern. So kannte sie ihre Tochter gar nicht. Wenn es um ihr Studium und ihr Privatleben ging, war sie stets zurückhaltend gewesen, als ob sie fürchtete, ein bisschen von ihrer hart erkämpften Eigenständigkeit zu verlieren, wenn sie ihrer Mutter zu viel davon preisgab. Aber jetzt erzählte sie so ungezwungen von ihrem Studium und ihrer Wohngemeinschaft, als spräche sie mit einer guten Freundin.

Während sie Clarissa zuhörte, fragte sich Ruth, ob das Wissen, dass sie in Hamburg ihre Zelte für immer abbrechen würde, am Ende befreiend auf ihre Tochter wirkte. Dieser Gedanke versetzte ihr einen leichten Stich ins Herz. Sie wusste, wie schwer es für Clarissa gewesen war, immer nur an zweiter Stelle gestanden zu haben, immer Verständnis dafür aufbringen zu müssen, dass Ruths Arbeit vorging. Und nun, da sich abzeichnete, dass sie sich in Greetsiel tatsächlich dauerhaft einzurichten gedachte, wich der Druck, der auf Clarissa gelastet hatte, ein wenig.

So weh diese Erkenntnis in diesem Moment auch tat, fühlte Ruth sich dennoch erleichtert. Wegen ihrer Entscheidung, in Greetsiel Wurzeln zu schlagen, könnte sich ihr Verhältnis zu ihrer Tochter zum Positiven entwickeln. Für Ruth ein Grund mehr, das Spöökhuus unbedingt zu kaufen und es sich darin heimisch zu machen.

»Gleich beginnt eine Vorlesung«, schloss Clarissa in diesem Moment ihren Bericht. »Wenn du möchtest, erzähle ich dir später gerne mehr.«

»Unbedingt«, sagte Ruth und hoffte, dass ihrer Stimme dabei nicht anzuhören war, dass ihr die Tränen in den Augen standen.

Clarissa verabschiedete sich vergnügt und legte auf.

Gedankenversunken sah Ruth auf ihr Smartphone hinab. Dann schob sie den Apparat in ihre Handtasche und wischte sich mit dem Fingerknöchel die Tränen aus den Augenwinkeln. Anschließend marschierte sie auf Hagen zu, der lässig an der Fahrertür des BMW lehnte und versonnen in den Himmel schaute.

Kapitel 5

Den Vormittag des folgenden Tages verbrachte Ruth im Büro der Polizeistation. Aus dem Krankenhaus in Emden gab es noch immer keine neuen Nachrichten. Heinrich Rattays Zustand war nach wie vor kritisch. Dass der Nachtwächter in absehbarer Zeit aufwachen und die Ermittler mit Informationen über die Einbrecher versorgen könnte, wurde immer unwahrscheinlicher.

Im Kontor des Fischereibetriebs waren die Handwerker unterdessen fleißig am Renovieren. Meldung über weitere gestohlene Gegenstände hatte Ulf Niehaus bisher nicht gemacht. Das Fischstillleben von Dirk Eckart war und blieb das einzige Diebesgut der Einbrecher. Dass die Täter das Gemälde nur aus Jux entwendet hatten, um es später zu zerstören oder anderweitigen Schabernack damit zu treiben, daran glaubte Ruth so wenig wie Hagen. Und dies nicht nur, weil bisher keine diesbezüglichen Hinweise aufgetaucht waren. Dem letzten Werk des Künstlers kam in diesem Kriminalfall eine besondere Bedeutung zu, daran hegten die beiden keinen Zweifel. Allerdings tappten sie im Großen und Ganzen noch immer im Dunkeln, was Hagen mehr zu ärgern schien als seine abgeklärte Chefin.

»Malte Sinten ist unser Hauptverdächtiger«, sagte er, während er sich in seinem Bürosessel lang ausstreckte. »Warum besorgen wir uns nicht einfach einen Hausdurchsuchungsbefehl und krempeln sein Haus um? Womöglich entdecken wir dabei das gestohlene Bild seines Freundes.«

»Wir haben nur Vermutungen und keine Indizien vorzuweisen«, erwiderte Ruth. »Staatsanwalt Lindau würde nur genervt den Kopf schütteln, wenn wir versuchten, mit dieser dünnen Beweislage bei ihm eine Hausdurchsuchung zu erwirken.«

Hagen fuchtelte ungehalten mit den Händen. »Was sollen wir denn sonst tun? Däumchen drehen etwa? Ich glaube kaum, dass uns die Lösung in den Schoß fallen wird, egal wie lange wir darauf warten.«

»Ich gebe Ihnen recht: Wir sollten an Malte Sinten dranbleiben. Er ist bisher der Einzige, der sowohl eine Verbindung zu dem gestohlenen Gemälde als auch zum Deichhaus hat.«

»Was schlagen Sie also vor? Sollen wir ihn etwa beschatten?«

»Dafür besteht momentan keine Veranlassung«, wehrte Ruth ab. »Sehen wir uns lieber die polizeilichen Unterlagen noch einmal an, die über den Landschaftsmaler vorliegen.«

Hagen wandte sich seinem Computer zu und loggte sich in das Polizeiarchiv ein. »Malte Sinten wurde von mir bereits überprüft, als wir an unserem ersten Mordfall gearbeitet haben«, zeigte er sich dabei nicht gerade begeistert.

Ruth verließ ihren Schreibtisch und trat hinter ihren Kollegen, um ihm über die Schulter zu sehen. Es dauerte nicht lange, da hatte Hagen die Polizeiakte auch schon aufgerufen. Sie war von den Kollegen in Emden angefertigt worden, weil die Gegebenheit, die Sinten ins Visier der Polizei hatte geraten lassen, dort stattgefunden hatte.

»Hier steht es«, sagte Hagen und umkreiste mit dem Mauszeiger die betreffende Stelle des Dokuments, das auf dem Bildschirm zu sehen war. »Malte Sinten stand im Verdacht, in Kontakt mit einem Mann zu stehen, der gefälschte Kunstwerke verkauft. Das Verfahren gegen ihn wurde aus Mangel an Beweisen eingestellt. Herr Sinten wurde nur einmal dabei beobachtet, wie er sich in Emden mit dem Verdächtigen unterhalten hatte. Dieser Umstand hatte laut Staatsanwalt für die Aufnahme eines umfangreichen Ermittlungsverfahrens nicht ausgereicht.«

»Wie lautet der Name des Hehlers, mit dem Herr Sinten angeblich zu tun gehabt haben soll?«, hakte Ruth nach.

Hagen blätterte durch die virtuelle Akte. »Der Mann heißt Harald Turner.«

»Zeigen Sie mir, was Sie über diese Person in den Polizeiakten finden können«, forderte Ruth ihren Partner auf.

Hagen tippte so schnell auf der Tastatur herum, dass dabei ein stakkatoartiges Klicken und Klacken entstand. Schließlich hatte er die Akte gefunden. Sie war ursprünglich von der Kripo in Hannover angefertigt worden. Später war sie dann von den Kollegen in Emden fortgeführt worden. Zuletzt hatte Hauptkommissar Wieler Einträge in die Akte vorgenommen. Demnach war Harald Turner ertrunken im Neuen Greetsieler Sieltief vorgefunden worden.

Hagen drehte sich um und schaute zu seiner Chefin auf. »Harald Turner ist nicht mehr am Leben. Er fand vor etwas mehr als zwei Jahren den Tod.«

Ruth nickte gewichtig. »Hauptkommissar Wieler ging offenbar von einem Unfall aus.« Sie deutete auf den Bildschirm. »Sehen wir uns den Obduktionsbericht des Gerichtsmediziners an.«

Hagen machte sich an die Arbeit. »Weil die Kollegen in Hannover über Harald Turner zuvor schon eine digitalisierte Akte angelegt hatten, brauchte Herr Wieler sie nur fortzuführen«, äußerte er sich dabei. »Er hätte sich bestimmt nicht die Mühe gemacht, am PC eine Akte über diesen Fall anzulegen. Stattdessen hätte er eine Papierakte angelegt …«

»Die jetzt nur noch Asche gewesen wäre«, vervollständigte Ruth den Satz.

Der Bericht des Gerichtsmediziners erschien auf dem Bildschirm. Konzentriert lasen die beiden Kriminologen das Dokument durch.

»Die Leiche von Harald Turner wies etliche schwere Blessuren auf«, sagte Ruth gedehnt. »Und der Gerichtsmediziner war sich nicht sicher, ob sie Turner vor oder nach dem Ertrinken zugefügt wurden.«

Hagens Miene verfinsterte sich. »Dennoch ging Herr Wieler von einem Unfall aus. Meines Erachtens hätte es aber auch ebenso gut Mord sein können.«

Ruth wiegte abwägend den Kopf. »Es wurde eine hohe Konzentration von Alkohol im Blut der Leiche festgestellt. Es wäre also durchaus denkbar, dass Harald Turner betrunken in den Kanal gestürzt und ertrunken ist.« Sie deutete auf eine Textzeile. »Hauptkommissar Wieler kam zu dem Schluss, dass die Blessuren der Leiche von der Schiffsschraube eines Motorboots herrührten. Er nahm an, dass der nachts im Kanal treibende Leichnam von einem Boot erfasst wurde. Er hielt es für sehr wahrscheinlich, dass der Bootsführer davon gar nichts mitbekommen hatte.«

Hagen stieß hörbar Luft aus. »Ich weiß nicht«, sagte er unzufrieden. »Mir erscheinen diese Rückschlüsse ziemlich voreilig. Dass Mord im Spiel gewesen sein könnte, hatte Herr Wieler offenbar nicht einmal in Erwägung gezogen.«

»Und wenn doch, so hat er es in der Akte jedenfalls nicht erwähnt.«

»Harald Turner stammte aus dem Kleinkriminellenmilieu«, setzte Hagen nach. »Dass er mit zwielichtigen Leuten aneinandergeraten könnte, die ihm nach dem Leben trachten, ist doch wesentlich wahrscheinlicher gewesen, als wenn es sich bei ihm bloß um einen unbescholtenen Bürger gehandelt hätte.«

Ruth verschränkte die Arme vor der Brust und hob dann eine Hand ans Kinn. Ihr Blick ruhte dabei auf den Fotoaufnahmen des auf dem Seziertisch liegenden Toten. »Sehen Sie sich die Flecken der Blessuren mal genauer an, Hagen. Fällt Ihnen dabei nicht etwas auf?«

Der junge Kommissar beugte sich vor und betrachtete die Bilder angestrengt. Dann drehte er sich zu der Stellwand aus Plexiglas um, die er vor der antiken Anrichte aufgebaut hatte. Mit Klebestreifen festgemacht hingen dort einige Aufnahmen, die im Emder Krankenhaus von dem bewusstlosen Heinrich Rattay gemacht worden waren. Das Gesicht des Nachtwächters war stark angeschwollen und der nackte Oberkörper mit blauen Flecken übersät. Diese Flecken wiesen ein nahezu kreisrundes, lilafarbenes Zentrum auf und waren überall auf dem Körper verteilt. Dieselben Verletzungen waren auch auf den Fotos des Leichnams von Harald Turner zu sehen.

»Das gibt's doch wohl nicht!«, entfuhr es Hagen. »Die Wunden dieser beiden Männer sehen nahezu identisch aus!«

»Das kann unmöglich ein Zufall sein«, merkte Ruth mit ernster Stimme an. »Die Blessuren waren Harald Turner ganz sicherlich nicht von der Schraube eines Motorbootes beigebracht worden, wie Herr Wieler angenommen hatte.«

»Sie wurden ihm von denselben Personen zugefügt, die auch Herrn Rattay so übel mitgespielt haben.« Hagen rieb mit den Handflächen über seine Oberschenkel. »Diese Erkenntnis eröffnet uns ganz neue Möglichkeiten«, frohlockte er. »Womöglich finden wir die Täter im verbrecherischen Umfeld des Kunsthehlers. Personen, mit denen Turner im Kontakt gestanden hatte, wurden von unseren Kollegen in Hannover und Emden sicherlich einige ermittelt. Wenn wir die alle überprüfen und eine Übereinstimmung mit Greetsiel oder dem Künstler Dirk Eckart feststellen, haben wir unsere Übeltäter vielleicht gefunden.«

Ruth wandte ihre Aufmerksamkeit noch einmal dem Computerbildschirm zu. Ihre Stirn umwölkte sich leicht. »Sie erinnern sich bestimmt noch daran, wann Malte Sinten seinen Freund an einem Strick baumelnd im Deichhaus vorgefunden hatte«, sagte sie. »Und jetzt sehen Sie sich das Datum an, an dem Harald Turners Leiche aus dem Neuen Greetsieler Sieltief geborgen wurde.«

»Das ist bemerkenswert«, sagte Hagen wie an sich selbst gerichtet. »Harald Turners Leiche wurde nur wenige Tage vor Dirk Eckarts mutmaßlichem Selbstmord entdeckt.« Erneut sah er zu seiner Chefin auf. »Glauben Sie, dass das für unseren Fall relevant ist?«

Ruth zuckte mit den Schultern. »Wir sollten das im Hinterkopf behalten.«

Hagen faltete die Hände, drehte sie herum und streckte sie weit von sich, sodass die Fingerknöchel vernehmlich knackten. »Dann werde ich mich mal an die Arbeit machen und mir die Kontaktpersonen von Harald Turner vorknöpfen«, sagte er unternehmungslustig.

In diesem Moment klopfte es an der Tür.

»Ja?«, rief Ruth, woraufhin die Tür aufschwang und Alice Bergmann den Kopf durch den Spalt schob.

»Es ist Besuch für Sie da«, verkündete die Streifenpolizistin. »Vor dem Tresen steht eine junge Frau, die Sie zu sprechen wünscht, Frau Fasan. Ihr Name lautet Alberta Eckart.«

»Dirk Eckarts Tochter«, entfuhr es Hagen überrascht. »Was hat die denn hier zu suchen?«

»Das werden wir sicherlich gleich erfahren.« Mit diesen Worten schritt Ruth auf die Tür zu. Hagen stand auf und schloss sich seiner Chefin an. Nachforschungen über Harald Turners Kontaktpersonen anzustellen, erschien ihm nun offenbar nicht mehr ganz so dringend.

*

Vor dem Empfangstresen der Polizeistation stand eine rothaarige Frau von etwa fünfundzwanzig Jahren. Ihren Kopf zierte eine Pagenfrisur, die gut zu dem knabenhaften, liebreizenden Gesicht passte. Die hellgrünen Augen und die niedliche Stupsnase rundeten das burschikose Erscheinungsbild perfekt ab. Unter dem hellblauen Umstandskleid mit den großen, weißen Punkten darauf wölbte sich ein beachtlicher Bauch. Über ihrer linken Schulter hing eine weiße Umhängetasche, die mit hellblauen Punkten versehen war und vom Muster her eine Negativausgabe des Kleides darstellte.

Ruth stellte der Frau zuerst Hagen Reese und dann sich selbst vor. »Sie sind Alberta Eckart, die Tochter von Dirk Eckart?«, vergewisserte sie sich anschließend.

Die Frau begann in ihrer Umhängetasche zu kramen und holte einen Ausweis hervor, den sie Ruth dann entgegenhielt.

Die Hauptkommissarin warf einen flüchtigen Blick auf das Dokument. »Was führt Sie zu uns?«, wollte sie dann wissen.

»Herr Wieler hat mich darüber in Kenntnis gesetzt, dass die Greetsieler Polizei die Ermittlungen im Todesfall meines Vaters erneut aufgenommen hat«, sagte Alberta und ließ den Ausweis in der Umhängetasche verschwinden. Ihre Augen schimmerten auf, als sie sagte: »Ich habe mich sofort auf den Weg hierher gemacht, um zu helfen.«

Ruth rieb sich den Nacken und verzog leicht das Gesicht. »Wie glauben Sie denn, uns helfen zu können, Frau Eckart?«

»Indem ich Ihnen versichere, dass mein Vater unmöglich Suizid begangen haben kann«, antwortete Alberta. »Ich will Sie darin bestärken, dass Sie mit Ihren Ermittlungen genau richtig liegen: Dirk ist ermordet worden!« Sie breitete die Arme aus. »Um das zu beweisen, werde ich Sie nach allen Kräften unterstützen!«

Ruth deutete auf den Bauch der Frau. »Im wievielten Monat sind Sie?«

Alberta sah auf die ballonartige Rundung hinab. Es schien, als müsste sie sich erst wieder in Erinnerung rufen, dass sie schwanger war. »Achter Monat«, sagte sie und nickte dann wie zur Bestätigung. »Ich bin im achten Monat.«

»Meinen Sie nicht, dass Sie mit Ihrer Schwangerschaft schon genug beschäftigt sind?«, fragte Ruth vorsichtig. »Sie setzen sich und Ihrem Baby mit dieser Reise nur unnötigem Stress aus.«

Ein unwilliger Ausdruck machte sich auf Albertas Gesicht breit. »Sie waren selbst wohl nie schwanger«, sagte sie mit patzigem Unterton.

Ruth lächelte. »Da täuschen Sie sich allerdings.«

»Dann müssten Sie wissen, wie wenig man es als Schwangere schätzt, wenn man wie eine Kranke behandelt wird. Ich bin durchaus noch leistungsfähig; und wirr im Kopf bin ich auch nicht.«

Die Worte der jungen Frau erinnerten Ruth daran, wie es für sie damals gewesen war, im schwangeren Zustand ihren Polizeidienst zu verrichten. Sie hätte vor Wut jedes Mal an die Decke gehen können, wenn ihre Kollegen sie wegen ihres prallen Bauchs mit Samthandschuhen angefasst oder gar versucht hatten, sie davon abzuhalten, an den Einsätzen teilzunehmen. Dabei war es ihr so wichtig gewesen, von ihren Kollegen trotz der Schwangerschaft auch weiterhin als vollwertige Ermittlerin behandelt zu werden.

Ruth bemerkte nun, dass sowohl die Aufmerksamkeit der Schwangeren als auch die ihrer beiden Kollegen auf ihr ruhten. Sie alle schienen gespannt auf ihre Erwiderung.

Alberta wollte schließlich aber nicht länger warten. Sie nickte wissend. »Ich verstehe«, sagte sie gekränkt. »Sie haben mit Ihrer Bemerkung gar nicht darauf abgezielt, mich wegen meiner Schwangerschaft herabzusetzen. Dass ich ein Baby bekomme, ist Ihnen vollkommen egal. Sie haben meine Schwangerschaft lediglich als willkommenen Vorwand genutzt, mich abzuwimmeln. Sie wollen nur einfach nicht, dass ich Ihnen während der Ermittlungen im Wege bin. Sie sehen in mir nicht mehr als eine nervige, übereifrige Angehörige, die Ihnen ins Handwerk zu pfuschen droht.«

»Sie sollten in der Tat darauf vertrauen, dass wir unser Bestes geben werden«, sagte Ruth, die nicht umhinkonnte, sich einzugestehen, dass Alberta mit ihrer Einschätzung gar nicht so falschgelegen hatte. Die Vorstellung, dass die Tochter des Künstlers ihnen bei den Ermittlungen ständig über die Schulter schaute, war ihr ein Graus.

»So wie Hauptkommissar Wieler damals sein Bestes gegeben hat?«, fragte Alberta und hob ihre Stimme dabei um mehrere Oktaven. »Er geht nach wie vor davon aus, dass mein Vater sich selbst umgebracht hat. Daraus hat er am Telefon keinen Hehl gemacht.«

Hagen schaltete sich ein: »Ich bin sicher, dass Sie uns wertvolle Informationen in Bezug auf Ihren Vater mitzuteilen haben, Frau Eckart.« Er lächelte gewinnend. »Wo sind Sie denn untergekommen?«, wechselte er das Thema.

»Im Hotel Krabbenschere«, erwiderte Alberta.

»Das ist ja ganz in der Nähe der Polizeistation«, sagte Hagen in aufgeräumter Stimmung.

»Ja … ich dachte, dass das nichts schaden könnte. Ich habe das Zimmer für eine Woche gebucht, mit der Option, die Reservierung je nach Bedarf beliebig zu verlängern.«

Ruth bemühte sich, diese Ankündigung gelassen hinzunehmen. »Wo ist denn der Vater Ihres Kindes?«, fragte sie nicht sehr taktvoll. »Bestimmt hat er Sie auf Ihrer Reise begleitet.«

Zornesröte stieg Alberta ins Gesicht. »Der ist in Berlin geblieben«, sagte sie patzig. »Und da kann er meinetwegen auch versauern!«

»Haben Sie sich etwa ganz allein auf den Weg hierher gemacht?« Ruth hoffte, dass dies nicht so wäre. Ein Begleiter könnte womöglich ein wenig auf die Schwangere einwirken, sodass sie der Polizei nicht zu sehr zur Last fiel.

»Ich kann sehr wohl auf mich allein aufpassen«, gab Alberta gereizt zurück.

»Sie sind also allein unterwegs«, resümierte Ruth.

Alberta nickte unglücklich.

»Wie sieht es denn mit der Schwangerschaftsbetreuung während Ihres Aufenthalts in Greetsiel aus?«, erkundigte sich Hagen.

Schuldbewusst legte Alberta die Hände auf ihren Bauch. »Darum muss ich mich erst noch kümmern«, gestand sie. »Es war mir wichtiger, erst einmal in der Polizeistation vorzusprechen.«

Erneut bedachte Hagen die junge Frau mit einem Lächeln. »Sie haben Glück. In Greetsiel gibt es eine erfahrene Hebamme.« Kurz trat ein verklärter Ausdruck in sein Gesicht. »Ich kenne sie recht gut. Ihr Name lautet Dünya Hennings. Sie hat allerdings alle Hände voll zu tun. Wenn ich aber ein gutes Wort für Sie einlege, wird sie Ihre Betreuung sicherlich übernehmen.«

Alberta wirkte sichtlich erleichtert. »Das wäre wirklich nett.«

Hagen wandte sich an seine Chefin. »Wenn Sie einverstanden sind, werde ich Frau Eckart mit dem Dienstwagen jetzt in Dünyas Hebammenpraxis fahren.«

»Tun Sie das«, beeilte sich Ruth zu sagen. »Sorgen Sie dafür, dass Frau Hennings sich um unseren Gast kümmert. Und dann kommen Sie schnell zurück. Es gibt im Fall Dirk Eckart noch eine Menge zu tun.«

Alberta machte einen geknickten Eindruck. »Jetzt halte ich Sie ja doch von der Arbeit ab«, stellte sie kleinlaut fest.

Hagen winkte ab. »Der Tod Ihres Vaters liegt zwei Jahre zurück. Da kommt es auf einen Tag mehr oder weniger nun auch nicht mehr an.« Er klappte das bewegliche Tresenstück hoch und begab sich hinüber in den Besucherbereich. Elegant hielt er Alberta den Arm hin, damit sie sich unterhaken konnte. Gemeinsam verließen sie die Polizeistation. Bevor die Tür hinter ihnen zufallen konnte, warf Alberta Ruth noch einen scheuen Blick zu. Sie hielt die Tür fest und fragte: »Sie sind es, die das Haus meines Vaters gekauft haben, nicht wahr?«

Ruth nickte. »Es ist ein schönes Anwesen. Ich werde mich dort sicherlich sehr wohlfühlen.«

Alberta blinzelte ein paar Tränen fort und ließ die Tür dann zugleiten.

Ruth atmete tief durch. »Hagen ist manchmal ja tatsächlich zu etwas zu gebrauchen«, sagte sie im Tonfall trockener Humorlosigkeit.

Alice sah ihre Chefin von unten herauf strafend an. »Auf jeden Fall kann er mit Schwangeren besser umgehen als Sie«, stellte sie fest.

Ruth winkte ab, drehte sich auf dem Absatz um und ging in ihr Büro.

*

Eine Dreiviertelstunde später kehrte Hagen in die Polizeistation zurück. Ruth saß vor ihrem Computer und arbeitete sich durch die Polizeiakten der Personen, die mit dem Kunsthehler Harald Turner in Verbindung gestanden hatten. Neben der Tastatur befanden sich ein Becher mit dampfenden Kaffee und ein Notizblock, der mit Anmerkungen vollgeschrieben war.

»Das hat ja ziemlich lange gedauert«, merkte Ruth kritisch an, während Hagen auf seinen Schreibtisch zusteuerte.

Er setzte sich und faltete die Hände über seinen flachen durchtrainierten Bauch. »Ich habe noch ein wenig mit der Hebamme geflirtet«, gestand er frei heraus.

Ruth griff nach ihrem Kaffeebecher. »Das habe ich mir schon gedacht.«

Hagen streckte behaglich die Beine aus und drehte den Stuhl mit der Hüfte spielerisch hin und her. »Dünya hat Alberta in ihrer Praxis erstmal zur Beobachtung einbehalten«, erklärte er.

Ruth, die an ihrem Kaffee nippte, furchte die Stirn. »Ist mit dem Baby denn alles in Ordnung?«, erkundigte sie sich besorgt.

»Ihr und dem Baby fehlt nichts«, beschwichtigte Hagen. »Ich hatte Dünya aber gebeten, Alberta für heute ein wenig aus der Schusslinie zu nehmen. Und da Albertas Blutdruck wegen der Strapazen der Reise und der Aufregung in der Polizeistation ein wenig erhöht war, hat Dünya ihr kurzerhand Ruhe verordnet. Alberta ist jetzt an einem Wehenschreiber angeschlossen und steht unter Beobachtung. Ich musste ihr allerdings versprechen, sie auf dem Laufenden zu halten und sie sofort anzurufen, wenn es Neuigkeiten über den Mord an ihren Vater gibt.«

Ruth seufzte. »Gut gemacht«, lobte sie ihren Partner.

»Alberta wird bestimmt nicht lockerlassen«, prophezeite Hagen. »Wir werden noch oft Besuch von ihr bekommen.«

Erneut stieß Ruth einen Seufzer aus. »Verstehen kann ich es ja, dass sie endlich Klarheit darüber erhalten will, was ihrem Vater zugestoßen ist. Dass ich mich für das Deichhaus interessiere, hat in ihr alte Wunden aufgerissen.«

»Sie fühlen sich für Alberta verantwortlich«, stellte Hagen fest.

Ruth zog die Augenbrauen zusammen. »So – meinen Sie?«

Er nickte gewichtig. »Geben Sie es ruhig zu.«

»Gar nichts gebe ich zu!«, blaffte Ruth. »Ich möchte nur nicht bei meiner Arbeit gestört werden – das ist alles.«

»Klar«, sagte Hagen und bemühte sich nicht einmal, den ironischen Unterton in seiner Stimme zu unterdrücken.

»Machen wir uns also ans Werk.« Ruth widmete sich erneut dem Computerbildschirm. »Mit der Durchsicht der Akten von Personen, die mit Harald Turner in Verbindung standen, habe ich bereits begonnen«, erläuterte sie.

»Ich werde Sie dabei unterstützen.« Hagen machte Anstalten, seinen Computer hochzufahren.

»Für Sie habe ich eine andere Aufgabe«, wehrte Ruth ab, ohne den Blick von ihrem Bildschirm zu lösen.

Der junge Kommissar verharrte in der Bewegung. »Und die wäre?«

»Sie werden Herrn Wieler aufsuchen. Erkundigen Sie sich bei ihm, ob er sich bezüglich des Leichenfundes vor zwei Jahren an Einzelheiten erinnert, die er in der Digitalakte eventuell nicht vermerkt hat.«

Hagen verzog das Gesicht. »Sie kommen mit diesem Griesgram viel besser zurecht als ich.«

»Eben darum werden Sie diese Befragung durchführen.« Ruth wandte sich ihrem Kollegen zu. »Sie können eine Menge von Herrn Wieler lernen, Hagen. Sie tun ihm unrecht, wenn Sie glauben, dass er kein guter Kriminologe gewesen ist.«

Hagen wollte etwas erwidern, doch Ruth hob abwehrend eine Hand. »Sie werden Herrn Wieler jetzt aufsuchen«, blieb sie hartnäckig. »Wahrscheinlich sitzt er am Badesee und angelt. Erzählen Sie ihm von den Blessuren, die uns vermuten lassen, dass es zwischen dem Tod von Harald Turner und dem Angriff auf Heinrich Rattay einen Zusammenhang gibt. Womöglich befeuert dies sein Erinnerungsvermögen.«

Schicksalsergeben atmete Hagen durch. Dann schlug er mit den flachen Händen klatschend auf seine Knie, als müsse er sich selbst antreiben. Er stand auf. »Also gut«, gab er sich geschlagen. »Sie hören dann von mir – es sei denn, der alte Wieler wirft mich in den See, weil ich ihn beim Angeln störe.«

Kapitel 6

Ruth Fasan hatte alle Fenster und Türen des Deichhauses aufgerissen, um frische Luft in das Gebäude zu lassen. Die Sonne schien prall vom Himmel herab; es versprach, ein schöner Tag zu werden. Aus Richtung des Meeres wehte eine stete Brise herüber, die den würzigen Geruch des Watts mit sich trug. Ruth wollte, dass das Spöökhuus einen tadellosen Eindruck machte, wenn Jens Stadensen nachher mit dem Umzugswagen voll mit ihren Habseligkeiten vorfuhr. Die leeren Zimmer sollten von Sonnenlicht durchflutet sein und gut riechen. Ihr neues Zuhause sollte eine unbeschwerte Zukunft verheißen, fernab von Hektik und den Unbilden des Alltags. Keinen Moment lang sollte Jens denken müssen, dass seine Freundin mit ihrer Versetzung nach Greetsiel und dem Kauf dieses Hauses womöglich eine vorschnelle Entscheidung getroffen hatte, die nicht von langer Dauer sein konnte. Sie wollte, dass er vom ersten Augenblick an sah, dass sie hier glücklich werden konnte. Denn das war es, was sie sich von diesem Neuanfang am meisten erhoffte: einen Ort zu finden, an dem sie sich nicht getrieben und gehetzt fühlte, wo es genug Freiraum geben würde, um endlich ihr Glück zu finden …

Daran und an die bittere Erkenntnis, dass ihr dies in Hamburg trotz aller Anstrengungen nicht möglich gewesen war, musste sie denken, während sie auf einer Leiter stand und die winzige Überwachungskamera in einer Ecke der Dielendecke anbrachte. Die Kamera gehörte zur Ausrüstung der Polizeistation und war – wie alles in dieser neu eingerichteten Wache – auf dem neusten technischen Stand.

»Sie benötigen eine richterliche Verfügung für den Einsatz dieses Überwachungsgeräts«, hatte Hagen angemerkt, als er ihr den Karton mit der Kamera darin gestern überreicht hatte. Das Überwachungsgerät hatte er aus dem Materiallager im ersten Stock des sanierten Friesenhauses für Ruth herbeigeholt.

»Nicht, wenn ich sie in meinen Privaträumen einsetze«, hatte Ruth geantwortet und sich den Karton geschnappt …

Ruth stieg von der Leiter herab und sah nach oben. Sie musste schon sehr genau hinsehen, um die Kamera im schattigen Winkel zu entdecken. Zufrieden klappte sie die Leiter zusammen. Im selben

Moment hörte sie das Dröhnen eines Motors durch die offene Eingangstür hereindringen. Hastig stellte sie die Leiter an die Wand und sah auf ihre Uhr. Es war drei Uhr nachmittags. So früh hatte sie mit Jens' Ankunft gar nicht gerechnet.

Hastig trat sie in die Sonne hinaus und strich ihre Bluse glatt. Als sie statt des Umzugswagens das Auto der Hebamme Dünya Hennings erspähte, zog sie verwundert die Stirn in Falten. Der Kastenwagen mit dem aufgemalten Storch stoppte neben Ruths VW up!.

Die Hauptkommissarin seufzte schicksalsergeben: Neben der Hebamme saß Alberta auf dem Beifahrersitz.

Dünya stieg aus und winkte Ruth fröhlich zu. Das Sonnenlicht ließ das schwarze, glatte Haar der schlanken, zierlich gebauten Frau bläulich aufschimmern. Ihre dunklen Augen funkelten vergnügt. »Nicht wundern!«, rief sie herüber. »Hagen hat mir gesagt, Sie könnten noch ein paar zupackende Hände gebrauchen. Er wird auch gleich hier sein.«

Ruth rieb sich verlegen den Nacken. »Das – äh – ist sehr nett von Ihnen.« Sie verkniff sich die Frage, warum sie Alberta, eine hochschwangere Frau, mitgebracht hatte, der ja wohl kaum zugemutet werden konnte, bei einem Umzug mitzuhelfen.

Umständlich quälte sich Alberta aus dem Auto. »Keine Bange!«, rief sie, als hätte sie Ruths Gedanken erraten. »Ich habe nicht vor, Umzugskisten zu schleppen. Ich möchte mir nur das Haus meines Vaters noch einmal ansehen.«

Dünya lächelte schief. »Ich hoffe, das ist in Ordnung?«

»Aber natürlich.« Ruth bedeutete den Frauen, zu ihr zu kommen. »Ich habe in der Küche eine Kleinigkeit vorbereitet. Es gibt für die Helfer einen kleinen Imbiss und frisch gebrauten Tee.«

»Ich dachte, Tee ist nicht so Ihr Ding«, merkte Dünya an, während sie mit Alberta an ihrer Seite auf die Hauptkommissarin zuschritt.

»Es gibt auch Kaffee, für die, die keinen Schwarztee mögen«, versicherte Ruth.

Dünya legte die Hand auf die Magengegend. »Es ist zwar Wochenende, aber ich habe dennoch den ganzen Vormittag gearbeitet und noch keine Gelegenheit gehabt, etwas zu essen.«

Aufmunternd deutete Ruth auf die offene Haustür. »Tun Sie sich keinen Zwang an. Greifen Sie zu!«

Dünya nickte dankend und verschwand kurz darauf in den Schatten der Diele, um sich zu den Leckereien in die Küche zu begeben.

Alberta blieb draußen stehen und ließ den Blick über den Kapitänsgiebel schweifen.

»Sie können sich gerne überall in Ruhe umsehen«, bot Ruth der jungen Frau an.

Alberta sah sie unverwandt an. »Haben Sie schon einen Anhaltspunkt, wer meinen Vater ermordet haben könnte?«

»So schnell geht das nicht«, erwiderte Ruth um Geduld bemüht.

Alberta schnaubte unwillig. »Ich bin jetzt schon drei Tage hier, und noch immer ...«

Ruth legte ihr eine Hand auf den Oberarm. »Sie sind die Erste, die wir informieren, wenn es Neuigkeiten gibt«, versprach sie.

Die Überprüfung der Personen, die in Kontakt mit dem Hehler Harald Turner gestanden hatten, hatte bisher nicht viel ergeben. Ruth hatte lediglich den Hinweis auf eine Frau gefunden, die sich einmal ein Hotelzimmer mit Harald Turner geteilt hatte, als dieser sich in Emden aufgehalten hatte. Da diese Frau darüber hinaus polizeilich noch nicht aktenkundig geworden war, gab es über sie so gut wie keine Informationen, nur ein paar Fotos, die die observierenden Beamten damals von ihr geschossen hatten.

Auch das Gespräch, das Hagen mit Peer Wieler vor drei Tagen geführt hatte, hatte keine neuen Erkenntnisse gebracht. Aus diesem Grund hatten die beiden Kriminologen Alberta davon auch nichts erzählt.

»Sie müssen sich gedulden«, sprach Ruth auf die Schwangere ein. »Und wenn Ihnen das alles zu lange dauert und Sie zu sehr mitnimmt, rate ich Ihnen, nach Berlin zurückzukehren. Wir werden Sie anrufen, sobald ...«

»Das können Sie vergessen.« Alberta schüttelte Ruths Hand ab. »Ich werde erst abreisen, wenn Sie den Mörder meines Vaters endlich dingfest gemacht haben!«

Ruth kratzte sich die Stirn. »Wie Sie meinen.« Sie wandte sich ab. »Entschuldigen Sie mich nun. Ich muss noch ein paar Vorbereitungen treffen. Der Umzugswagen kann jeden Moment eintreffen.«

*

Der LKW schaukelte heftig, als er zwischen den Maispflanzen hervorkam. Ruth stand mit Hagen Reese und Dünya Hennings gerade auf der Veranda, während Alberta Eckart irgendwo im Haus herumschlenderte. Das laute Röhren des Dieselmotors hatte das Nahen des Umzugswagens bereits angekündigt, und als das Ungetüm jetzt auf das Haus zurollte, löste der Fahrer ein weithin hörbares dreifaches Hupen aus.

Ruth winkte, sprang von der Veranda und ging auf den LKW zu. Jens Stadensens rundliches Gesicht zeichnete sich hell hinter der Windschutzscheibe ab, auf der sich die Sonne gleißend spiegelte. Sein ausgedünntes blondes Haar umgab seinen Kopf wie ein matter Heiligenschein.

Ruth stutzte: Auf dem Beifahrersitz saß eine weitere Person. Die junge Frau mit dem brünetten, welligen Haar hatte sie wegen der Sonnenreflexion auf der Windschutzscheibe zuerst nicht wahrgenommen. Ein scheues Lächeln umspielte ihren zierlichen Mund und der Blick ihrer nussbraunen Augen war unverwandt auf Ruth gerichtet.

»Clarissa!« Ruth blieb überrumpelt stehen. Im selben Moment stoppte der Umzugswagen und die pneumatischen Bremsen gaben ein drachenartiges Zischen und Fauchen von sich. Die Hauptkommissarin schüttelte ihre Starre ab und eilte auf die Beifahrerseite des Fahrerhauses zu.

Clarissa ließ den Wagenschlag aufschwenken und sah lächelnd auf ihre Mutter herab. »Du siehst aus, als wäre dir ein Geist erschienen, Mama«, scherzte sie.

»Ich bin total baff, dich hier zu sehen«, gestand Ruth. Sie breitete die Arme aus. »Komm her und lass dich begrüßen.«

Clarissa kletterte aus dem Führerhaus, drehte sich ihrer Mutter zu und umarmte sie.

Ruth drückte ihre Tochter fest an sich und schloss bewegt die Augen. Clarissas vertrauter Geruch und ihre körperliche Nähe überwältigten sie. Wann sie ihrer Tochter zuletzt so nahe gewesen war, daran konnte sie sich schon gar nicht mehr erinnern. Zuletzt war ihr Verhältnis so angespannt gewesen, dass sie nur noch miteinander telefoniert hatten.

»Diese Überraschung ist uns offenbar gelungen«, sagte Jens zufrieden, während er hinter dem LKW hervorkam.

Ruth öffnete die Augen und schenkte ihrem Freund ein tiefes dankbares Lächeln. »Ein schöneres Geschenk zum Einzug in mein neues Zuhause hättest du mir gar nicht machen können«, sagte sie mit belegter Stimme.

Clarissa machte sich von ihrer Mutter los und sah sie kritisch an. »Du fängst jetzt aber nicht an zu heulen, Mama«, sagte sie beunruhigt. »Das wäre echt peinlich.«

Ruth wischte sich mit dem Handballen die Tränen von den Wangen. »I wo«, sagte sie und lächelte. »Mir hat nur die Sonne ins Auge gestochen.« Sie umfasste Clarissas Schultern und sah ihre Tochter prüfend von oben bis unten an. Clarissa trug einen modischen hellbraunen Hosenanzug, der ihrer schlanken Figur ungemein schmeichelte und sie überaus adrett erscheinen ließ. »Du siehst prächtig aus, Schatz«, stellte Ruth fest.

»Danke«, sagte Clarissa leicht verlegen. »Du schaust auch gut aus, Mama. Der Aufenthalt in Greetsiel scheint dir gutzutun.«

»Ja … das ist wohl wahr.« Ruth stellte den beiden Hagen und Dünya vor, die von der Veranda herübergekommen waren. »Mein ehemaliger Kollege bei der Kripo, Jens Stadensen, und meine Tochter Clarissa«, verkündete sie anschließend, wobei sie wie eine Zirkusdompteurin auf die Angekommenen zeigte.

Alle vier schüttelten sich die Hände, und Ruth spürte gleich, dass sich alle gut miteinander verstehen würden.

Plötzlich furchte Clarissa die Stirn und deutete mit einem Kopfnicken zum ersten Stock des Hauses empor. »Und wer ist diese unheimliche Person?«, wollte sie wissen.

Ruth drehte sich um und sah Alberta in einem der offenen Fenster stehen. Sie hielt sich halb im Schatten und starrte mit versteinerter Miene auf die Gruppe hinab.

»Das ist Alberta Eckart«, sagte Ruth leicht zerknirscht.

Clarissa stemmte die Hände in die Hüften. »Ich kenne diesen Tonfall nur zu gut, Mama. Hast du zum Einzug etwa gleich Arbeit mit in dein neues Haus gebracht?«

»Ich habe Alberta nicht eingeladen«, entgegnete Ruth und ärgerte sich, weil sie schon nach wenigen Minuten in alte Verhaltensmuster zu verfallen drohte und sich ihrer Tochter gegenüber zu rechtfertigen begann.

»Du bist unverbesserlich!« Clarissas Stimme war deutlich anzuhören, wie enttäuscht sie war. »Weißt du was? Ich habe einen Koffer mitgebracht, weil ich vorgehabt hatte, ein paar Tage bei dir zu bleiben, aber …

»Ich habe Alberta gebeten, hierher zu kommen«, mischte sich Hagen ein. »Ich wollte ihr auf diese Weise eine Gelegenheit verschaffen, sich von diesem Haus und ihrem ums Leben gekommenen Vater zu verabschieden. Der Einzug der neuen Besitzerin ins Deichhaus schien mir dafür der geeignete Anlass.« Hagen winkte Alberta mit ausgestrecktem Arm zu. »Wir sind jetzt vollzählig!«, rief er. »Es geht gleich los!«

Alberta wich daraufhin gänzlich in den Schatten des Zimmers zurück.

Clarissa zeigte plötzlich Interesse an der jungen Frau. Dass Hagen und nicht ihre Mutter für die Anwesenheit dieser geheimnisvollen Person verantwortlich war, schien sie mit der Situation irgendwie versöhnt zu haben. »Was hat es mit Alberta denn auf sich?«, fragte sie.

Hagen winkte ab. »Das ist eine lange Geschichte und eine berufliche Angelegenheit, wie Sie bereits richtig vermutet haben«, erwiderte er. »Wir haben jetzt aber Erfreulicheres zu tun, als Albertas Fall zu erörtern.«

»Ja … natürlich.« Clarissa warf ihrer Mutter einen verlegenen Blick zu. Offenbar war ihr soeben aufgefallen, wie bedeutend anders ihre Reaktion auf die Anwesenheit der Fremden ausgefallen war, nachdem sich herausgestellt hatte, dass Hagen der Verursacher dieser Störung gewesen war. Ihre Ablehnung war unvermittelt in Interesse umgeschlagen, und das war ihr nun sichtlich peinlich. »Bitte entschuldige, Mama.« Sie zog die Unterlippe ein und kaute darauf herum. »Ich hoffe, du willst mich jetzt noch bei dir haben.«

»Aber natürlich. Was dachtest du denn?« Ruth lächelte warmherzig. »Vergessen wir diese Sache einfach.« Sie klatschte aufmunternd in die Hände. »Dann lasst uns anfangen!«, rief sie in die Runde. »Meine Habseligkeiten kommen schließlich nicht von allein in mein neues Zuhause!«

*

Ruth und Clarissa standen auf der Veranda und winkten Jens Stadensen zu, als dieser mit dem nun leeren Umzugswagen in den Treckerpfad einschwenkte. Der hohe Kastenaufbau des LKW ragte über die Maispflanzen hinaus und wankte bedenklich, während er sich langsam immer weiter entfernte. Hagen, Dünya und Alberta waren bereits vor einer halben Stunde aufgebrochen, sodass Mutter und Tochter nun allein beim Deichhaus zurückblieben. Die Sonne stand tief über dem Horizont und der Schatten des Spöökhuus erstreckte sich lang und breit über den Garten und die angrenzende Wiese.

Clarissa wandte sich dem Tisch zu. Benutzte Teller, Gläser und Bestecke lagen darauf. Die Stühle waren vom Tisch abgerückt. Etliche leere Flaschen, Töpfe und eine Servierplatte, auf der noch ein angebissenes belegtes Brötchen lag, bildeten in der Mitte des Tisches ein wüstes Arrangement, das verriet, dass sich hier eine gesellige Gesellschaft gütlich getan hatte.

»Das war ja eine nette Runde«, sagte Clarissa und gähnte herzhaft.

Ruth legte ihrer Tochter einen Arm um die Hüften. »Ich bin euch allen so dankbar, dass ihr mir geholfen habt.«

Clarissa lehnte den Kopf an Ruths Schulter. »Mir war es wichtig, dich bei diesem Schritt in dein neues Leben zu unterstützen, Mama.«

Die Frauen lösten sich voneinander und gingen zum Tisch, um mit dem Aufräumen zu beginnen.

»Alberta ist zum Schluss ja sogar auch ein wenig aufgetaut«, sagte Clarissa, während sie Teller aufeinanderstapelte.

»Du hast dich sehr rege mit ihr unterhalten.« Ruth formulierte ihre Worte mit Bedacht.

Clarissa zuckte verlegen mit den Schultern. »Ich glaube, ich war anfangs eifersüchtig auf sie, weil … weil …«

»Weil sie Teil meiner Arbeit ist«, vervollständigte Ruth den Satz.

»Und weil du es gewohnt bist, dass die Arbeit bei mir Priorität hat.«

Clarissa presste die Lippen aufeinander. »Ich kann Alberta aber gut verstehen«, ging sie nicht näher auf die Bemerkung ihrer Mutter ein. »Es muss schlimm sein, nicht zu wissen, ob der eigene Vater eventuell ermordet wurde oder aber Suizid begangen hat.«

»An die Selbstmordtheorie glaubt Alberta eher nicht.« Mit einem Dutzend leerer Flaschen im Arm wandte sich Ruth der Verandatür zu und betrat das Haus.

Clarissa balancierte einen Stapel Teller auf den Händen, während sie ihrer Mutter folgte. »Du hättest am Tisch vielleicht besser nicht von den seltsamen Vorkommnissen erzählen sollen, die sich in diesem Haus nach dem Tod ihres Vaters zugetragen haben.«

»Hagen hatte dieses Thema zur Sprache gebracht«, gab Ruth zurück. In der Küche angekommen, stellte sie die Flaschen auf die Anrichte. »Er ist zuweilen ein bisschen vorpreschend und unbedacht. Ihm fehlt es noch an Erfahrung.«

»Du hättest ja nicht auf seine Worte eingehen müssen«, gab Clarissa zu bedenken und platzierte die Teller neben dem Spülbecken. »Stattdessen hast du ziemlich ausführlich von dem angeblichen Spuk berichtet.«

»Glaub mir, Alberta hätte keine Ruhe gegeben, bis ich ihr nicht alle Einzelheiten bis ins kleinste Detail genauestens geschildert hätte. Ich hatte also keine andere Wahl.«

»Sie wirkte ziemlich beunruhigt.«

»Das ist ja auch verständlich.«

Sie kehrten auf die Veranda zurück. Nachdem sie den Tisch leergeräumt hatten, machten sie sich in der Küche an den Abwasch. Die ganze Zeit über unterhielten sie sich lebhaft, klapperten mit dem Geschirr, klappten Schranktüren auf und zu, scherzten und lachten.

Ruth ging das Herz auf. Wie sehr hatte sie sich in den vergangenen Jahren einen so ungezwungenen Umgang mit ihrer Tochter gewünscht. Aber jedes Mal, wenn sie sich in der Stadt getroffen hatten, endete die Zusammenkunft nach kurzer Zeit in einem Streit. Auch als sie nur noch telefonisch miteinander verkehrten, war es nicht anders gewesen. Aber jetzt schien sich endlich alles zum Besseren zu wenden.

Clarissa verließ die Küche, um aus einem der in der Diele aufgestapelten Umzugskartons frische Geschirrhandtücher zu holen. Ruth stellte gerade Trinkgläser in einen Schrank, als der Schrei ihrer Tochter durch das Haus hallte. Vor Schreck glitt ihr ein Becher aus der Hand. Er zerschellte mit lautem Knall auf dem Fliesenboden.

*

Ruth stürzte aus der Küche. Beinahe wäre sie in Clarissa hineingerannt, die stocksteif in der Diele stand und sich nicht rührte.

»Bist du in Ordnung?«, erkundigte sich Ruth besorgt.

Clarissa nickte abgehackt, hob langsam den Arm und zeigte auf die Umzugskartons. Rote Flecken und Spritzer zeichneten sich auf den aufgestapelten Kisten ab. »Blut … da ist überall Blut!«, keuchte sie.

Ruth schob ihre Tochter beiseite und näherte sich den Kartonstapeln. Dabei trat sie auf eine kleine Erhebung, und als sie zu Boden blickte, sah sie dort ein zur Schlinge geknüpftes Seil. »Wir haben ungebetenen Besuch bekommen«, flüsterte sie und bereute, dass sie ihre Dienstwaffe nicht bei sich trug. Sollten sich die Fremden noch im Haus aufhalten, wäre die HK P30, eine speziell für die Polizei konzipierte Selbstladepistole des deutschen Waffenherstellers Heckler & Koch, das ideale Verteidigungsmittel gewesen. Ruth mochte Waffen nicht besonders, doch wenn es um die Sicherheit ihrer Tochter ging, kannte sie keine Skrupel.

Aufs Äußerste gespannt, untersuchte sie die besudelten Kisten. Bei den Flecken und Spritzern schien es sich dem ersten Anschein nach tatsächlich um Blut zu handeln. Ruth tauchte zwei Finger in eine Lache, die sich oben auf einem mit Büchern gefüllten Karton gebildet hatte, und roch daran. »Das ist Theaterblut«, stellte sie fest.

Clarissa war hinter ihre Mutter getreten und presste sich eng an sie. »Ich habe Angst, Mama.«

»Bleib dicht hinter mir«, wies Ruth sie an. Aufmerksam spähte sie umher. Aber die Schatten zwischen den Kistenstapeln waren zu dicht, um erkennen zu können, ob sich darin jemand verbarg. Kurz sah sie zur verborgenen Kamera hinauf. Sie hoffte, dass trotz der Kartons, die in der Diele herumstanden, etwas Brauchbares von der Kamera aufgezeichnet worden war.

Ruth griff hinter sich und drückte ihre Tochter an sich. Dann schob sie sie rückwärts in die Küche. Dort angekommen, bewaffnete sich Ruth mit einem Messer. »Du bleibst hier«, befahl sie.

»Aber ... Mama!«

»Keine Widerrede!«, fuhr Ruth ihre Tochter an. »Du bleibst hier. Und die Tür schließt du erst wieder auf, wenn ich anklopfe, verstanden?«

Clarissa nickte gefasst. Gehorsam sperrte sie die Küchentür hinter Ruth zu, nachdem diese die Küche verlassen hatte.

Routiniert und das Messer mit der Schneide nach oben vor sich haltend suchte Ruth die Diele ab. Mit fließenden Bewegungen und so gut wie lautlos glitt sie um die Kistenstapel herum, um nachzusehen, ob sich dahinter womöglich jemand verbarg. Außer tiefen Schatten gab es dort nichts zu entdecken.

Als Nächstes überprüfte Ruth, ob die Eingangstür noch immer abgeschlossen war. Nachdem alles aus dem Umzugswagen ins Haus geschafft worden war, hatte sie sämtliche Fenster geschlossen und die Haustür fest verriegelt. Sie war nach wie vor verschlossen, musste sie nun feststellen, als sie die Klinke niederdrückte. Die unbekannten Eindringlinge schienen nach demselben Muster verfahren zu sein wie bei den vorherigen Einbrüchen auch. Es blieb ein Geheimnis, wie sie trotz der gesicherten Türen und Fenster unbemerkt in das Haus eindringen konnten.

Nacheinander untersuchte Ruth die Zimmer im Erdgeschoss. Akribisch sah sie hinter jede Kiste und hinter jedes Möbelstück. Nachdem sie nichts Verdächtiges feststellen konnte, begab sie sich ins erste Stockwerk. Vernehmlich knarrten die Stufen unter ihren Schritten, während sie die Treppe emporstieg. Sollten sich in den oberen Zimmern Personen versteckt haben, wären sie jetzt vorgewarnt. Ruth musste also doppelt Vorsicht walten lassen.

Zehn Minuten später hatte sie sich davon überzeugt, dass sich auch im ersten Stockwerk keine Personen aufhielten. Sie warf noch einen kurzen Blick in den Keller und kehrte dann zu ihrer Tochter in die Küche zurück. Clarissa ließ sich drei Mal versichern, dass sie es auch wirklich mit ihrer Mutter zu tun hatte, ehe sie die Tür aufsperrte.

Ruth nahm ihre Tochter bei der Hand. »Komm, wir versuchen herauszufinden, wer uns diesen makabren Streich gespielt hat.«

»Was hast du vor?«, erkundigte sich Clarissa ängstlich, die offenbar befürchtete, ihre Mutter würde jetzt eine wilde Verbrecherjagd vom Zaun brechen.

Ruth führte ihre Tochter in den Raum, der einmal ihr Arbeitszimmer werden sollte. Sie sperrte den alten Sekretär auf, der von Umzugskisten umgeben war, und klappte die Platte herunter. Anschließend zog sie einen Polizei-Laptop aus einer Umhängetasche hervor und legte ihn auf die Tischfläche.

Während Ruth den Computer hochfuhr und anschließend das zur Überwachungskamera dazugehörige Programm aufrief, rieb sich Clarissa fröstelnd die Oberarme und schaute sich ein ums andere Mal ängstlich um.

Die Kamera war so geschaltet, dass sie ansprang, wenn der integrierte Sensor im Erfassungsbereich eine Bewegung feststellte, und sie schaltete sich ab, wenn erneut Ruhe in den zu überwachenden Bereich eingekehrt war. Da während des Umzugs ständig Personen in der Diele unterwegs gewesen waren, hatte das System eine ganze Reihe von Videodateien angelegt. Ruth wählte die vorvorletzte Datei aus, denn sie vermutete, dass diese entstanden war, als die Eindringlinge in der Diele ihr Unwesen getrieben hatten. Die jüngste Aufzeichnung und die davor hingegen würden entweder Ruth alleine oder gemeinsam mit ihrer Tochter inmitten der besudelten Kistenstapel zeigen.

Ruth startete das Video. »Da!«, stieß sie unwillkürlich aus und deutete auf einen huschenden Schatten, der nun auf dem Bildschirm zu sehen war. Die Gestalt bewegte sich flink zwischen den Kistenstapeln hin und her.

Clarissa beugte sich vor. »Du hast eine Überwachungskamera installiert?«, staunte sie.

»Man erkennt nur leider fast gar nichts«, erwiderte Ruth, statt zu antworten.

»Offenbar war da nur eine einzige Person zugange«, stellte Clarissa fest. »Sie verspritzt das Theaterblut aus einer Flasche auf die Umzugskartons.«

Ruth tippte mit dem Zeigefinger gegen ihre Lippen. »Der Eindringling trägt einen Kapuzenmantel. Sein Gesicht liegt im Schatten der Kapuze verborgen.«

»Vielleicht wusste er, dass du eine Kamera installiert hattest?«, mutmaßte Clarissa.

Ruth schüttelte den Kopf. »Nur Hagen hatte Kenntnis davon. Ich hatte ihn angewiesen, niemandem davon zu erzählen.« Sie deutete auf die Kapuzengestalt. »Dieser Störenfried wusste, dass wir uns im Haus aufhalten, Clarissa. Diese Verhüllung war reine Vorsichtsmaßnahme.«

Clarissa schüttelte sich. »Was der wohl getan hätte, wenn wir ihn überrascht hätten?«

In diesem Moment zog der Eindringling die Galgenschlinge unter dem Mantel hervor. Dabei verrutschte die Kapuze und das Gesicht wurde sichtbar.

Blitzschnell drückte Ruth die Pausentaste und vergrößerte den Kopfausschnitt. Ein blasses, hageres Gesicht, um das herum dunkle Haare wirr abstanden, zeichnete sich auf dem Bildschirm ab.

»Das gibt's doch wohl nicht!«, entfuhr es Ruth.

»Du kennst diesen Mann?«, fragte Clarissa beklommen.

»Das ist Malte Sinten, ein in Greetsiel ansässiger Künstler, der mit Dirk Eckart eng befreundet war!«

»Die Kunstperformance, die dieser Bursche in deiner Diele veranstaltet hat, hat mir allerdings überhaupt nicht gefallen«, merkte Clarissa wütend an. Sie betrachtete ihre Mutter von der Seite. »Wirst du ihn jetzt verhaften?«

Ruth schüttelte den Kopf. »Das kann warten. Herr Sinten wird mir schon nicht davonlaufen. Zuerst einmal will ich wissen, auf welchem Weg er in mein Haus gekommen ist.«

Ruth ließ den Film weiterlaufen. Nachdem Sinten das Seil auf den Boden geworfen hatte, versprühte er noch ein paar Spritzer Theaterblut und eilte dann auf die Treppe zu. Doch anstatt die Stufen zu erklimmen, öffnete er die Tür, die in den Keller führte. Er huschte hindurch und war kurz darauf verschwunden. Wenig später endete das Video.

»Der Keller also«, sagte Ruth gedehnt. »Ich frage mich, wie Herr Sinten von dort wieder entkommen ist. Ich habe vorhin nachgesehen. Der Keller war leer.« Sie rief die beiden ein wenig später entstandenen Videos auf. Wie erwartet, waren darauf nur Clarissa und sie selbst zu sehen. Malte Sinten tauchte auf den Aufnahmen nicht noch einmal auf.

»Der Keller kann unmöglich verlassen sein«, sagte Clarissa. »Du musst dich getäuscht haben. Dieser Maler muss sich dort unten noch aufhalten. Die Kamera hätte ihn beim Verlassen ansonsten unweigerlich gefilmt. Aber eine solche Aufzeichnung existiert nicht.«

»Ich war gründlich«, erwiderte Ruth. »Im Keller ist niemand!«

»Aber wie ist das möglich?«

Ruth zuckte mit den Schultern. »Vielleicht gibt es einen Geheimgang.«

Clarissa bekam große Augen. Die Furcht wich aus ihrem Gesicht. Stattdessen machte sich Begeisterung darauf breit. »Dein Haus steckt ja wahrlich voller Überraschungen«, freute sie sich. Hektisch sah sie sich in der Küche um und schnappte sich ein Feuerzeug. »Wir gehen runter und suchen diesen Geheimgang«, bestimmte sie.

Ruth musste unwillkürlich lächeln. »Was hast du mit dem Feuerzeug vor?«

»Überprüfen, ob im Keller irgendwo ein verdächtiger Luftzug aufzuspüren ist«, erläuterte Clarissa. »Derartige Auffälligkeiten können verraten, ob es irgendwo einen versteckten Gang gibt.«

»Ich glaube, du siehst zu viele Mystery- und Abenteuerserien«, stellte Ruth fest.

»Bitte … lass uns runtergehen und nachsehen«, drängte Clarissa.

»Also schön«, gab Ruth sich geschlagen. »Machen wir uns auf die Suche nach diesem Geheimgang. Malte Sinten kann sich ja nicht in Luft aufgelöst haben.«

*

Kurz darauf stiegen die beiden Frauen die Kellertreppe hinab. Ruth ging voraus, für den Fall, dass ihnen der Künstler über den Weg lief. Unten angekommen, ließ Clarissa das Feuerzeug in dem hell erleuchteten Kellerraum aufflammen. Behutsam führte sie die Flamme an den Wänden entlang. Das Feuer tanzte, wiegte sich unruhig und hüpfte auf und nieder. Dort, wo sich der Heißwasserkessel befand, bog sich die Flamme plötzlich zur Seite und erlosch im nächsten Moment.

»Ha!«, rief Clarissa und zeigte auf den etwa zwei Meter hohen Kessel. »Hinter diesem Ungetüm könnte sich ein verborgener Zugang befinden.«

Ruth lächelte zweifelnd, schob sich aber dennoch in den Spalt, der sich zwischen dem Kessel und der Mauer auftat. Ihr Rücken scharrte über das raue Gemäuer, als sie in den undurchdringlichen Schatten hinter dem Warmwasserbehälter eintauchte. Sie schaltete die Taschenlampenfunktion ihres Handys an und leuchtete die Wand ab.

Sie glaubte ihren Augen nicht zu trauen: Etwa eine Handbreite über dem Boden klaffte ein rechteckiges Loch in der Mauer. Die Öffnung war knapp anderthalb Meter hoch und ungefähr ebenso breit. Das Loch wurde von dem Wasserkessel vollständig verdeckt, sodass es nur sichtbar wurde, wenn man sich – wie Ruth es gerade getan hatte – in den Spalt zwängte. Sie beugte sich herab und leuchtete in die Öffnung hinein. Ein finsterer Schacht schloss sich dahinter an.

»Was ist?«, erkundigte sich Clarissa. »Hast du was gefunden?«

Ruth schob sich hinter dem Kessel hervor und nickte. »Offenbar eine Art Kriechtunnel«, sagte sie mit gedämpfter Stimme, als erwartete sie, der Landschaftsmaler könnte in dem dunklen Gang kauern und sie belauschen.

Clarissa fröstelte. »Das ist echt gruselig«, sagte sie. Eindringlich sah sie ihre Mutter an. »Du willst da jetzt aber nicht reinkriechen, oder?«

»Genau das habe ich vor.« Ruth zog ihr Jackett aus und warf es ihrer Tochter zu. »Wenn ich in zehn Minuten nicht zurück bin, rufst du Hagen an und bestellst ihn hierher.«

»Das sollten wir lieber jetzt gleich tun«, forderte Clarissa. Aber da war ihre Mutter auch schon im Spalt verschwunden. Sie kniete sich hin und leuchtete mit dem Smartphone in den Tunnel hinein. Ein Ende war nicht zu erkennen. Der erhellte Bereich war allerdings verlassen.

Tief atmete Ruth durch. Dann schob sie sich kopfüber in den Schacht und kroch auf allen vieren vorwärts. Ein kühler, nach feuchtem Mauerwerk riechender Luftzug streifte ihr Gesicht. Das Licht des Handys zuckte bei jeder Bewegung über die Wände, die Decke und den Boden. Diese waren aus Ziegelsteinen gefertigt und machten mit ihren feuchten Flecken und den kristallinen Ablagerungen keinen besonders vertrauenserweckenden Eindruck.

»Mama … was du da tust, ist verrückt!«, hörte sie die Stimme ihrer Tochter durch den Gang hallen.

»Sei tapfer, Liebes«, raunte sie. »Deine Mutter macht nur ihren Job.«

*

Nach etlichen Metern endete der Tunnel vor einer nach oben führenden Treppe. Ruth musste sich tief hinabbeugen, als sie die Stufen erklomm, damit sie mit dem Kopf nicht an die niedrige Decke stieß. Am Ende der Treppe versperrte eine rostige Eisentür den Weg.

Ruth drückte die Klinke und war überrascht, als sich die Tür aufdrücken ließ. Sie knarrte kaum merklich in den Angeln und öffnete sich in einen engen Raum. Dieser wurde von einer klobigen Pumpe und Rohren eingenommen, die auf eine der Wände zuliefen und darin verschwanden. Direkt daneben befand sich eine weitere Tür.

»Ein Pumpenhaus«, erkannte Ruth. »Hier wird Grundwasser abgezapft, um damit die Felder zu beregnen.«

Sie näherte sich der gegenüberliegenden Tür und fand auch diese unverschlossen. Als sie ins Freie trat, sah sie sich von hohen Maispflanzen umgeben. Die Abenddämmerung hatte sich über das Feld gesenkt und ließ die Schatten der Gewächse wie etwas Greifbares erscheinen. Hinter Ruth erhob sich der niedrige würfelförmige Bau des Pumpenhauses. Das Gemäuer schien schon ziemlich alt zu sein, denn die Ziegel waren ausgewaschen und der Mörtel in den Fugen krümelig und porös.

Mit dem Licht ihres Smartphones leuchtete sie den Boden ab und entdeckte mehrere Fußspuren. Das Pumpenhaus war in letzter Zeit augenscheinlich oft besucht worden. Für Ruth war es nicht schwer zu erraten, wer diese Person gewesen war.

Schließlich schaltete sie die Taschenlampenfunktion ab und spähte aufmerksam umher. Nur schemenhaft ließen sich die Umrisse der umliegenden Maispflanzen erraten. Das ständige Rascheln und Flattern der Blätter verbreitete eine gespenstische Unruhe. Es war schier unmöglich festzustellen, ob sie in diesem Teil des Maisfeldes tatsächlich allein war oder aus der Nähe heraus etwa beobachtet wurde. Ruth glaubte allerdings nicht, dass Malte Sinten hinter den Pflanzen auf sie lauerte. Vermutlich ahnte er nicht einmal, dass Mutter und Tochter ihm auf die Schliche gekommen waren.

Plötzlich musste sie an die huschende Gestalt im Maisfeld denken, die sie von ihrem Auto aus gesehen hatte, als sie das Deichhaus das erste Mal aufgesucht hatte. Womöglich hatte es sich dabei um Malte Sinten gehandelt, der sich aus dem Staub gemacht hatte, nachdem er die erhängte Strohpuppe im Spöökhuus platziert hatte …

Ruth wandte sich in die Richtung, in der sie ihr Haus vermutete, und setzte sich in Bewegung. Schon nach wenigen Metern erreichte sie den Rand des Maisfeldes. Nur der verwilderte Garten trennte sie jetzt noch von ihrem neuen Heim, das mit seinen wenigen erleuchteten Fenstern in diesem Moment tatsächlich ein wenig unheimlich wirkte.

Ruth wählte das Handy ihrer Tochter an, um sie zu bitten, ihr die Haustür aufzusperren. Sie verspürte nämlich nicht die geringste Lust, auf demselben Weg in ihr neues Zuhause zurückzukehren, auf dem sie es zuletzt verlassen hatte.

Kapitel 7

»Ich will unbedingt dabei sein, wenn ihr diesen verbrecherischen Landschaftsmaler verhaftet«, sagte Clarissa am nächsten Morgen zu ihrer Mutter. »Wegen ihm habe ich Todesängste ausgestanden und konnte die ganze Nacht über nicht schlafen!«

»Es ist noch gar nicht gesagt, dass wir Herrn Sinten tatsächlich verhaften werden«, gab Ruth zurück, während sie sich vor dem Spiegel für den Arbeitstag zurechtmachte.

Demonstrativ schloss Clarissa den Reißverschluss ihres Hosenanzugs. »Du hast Hagen vorhin telefonisch aufgetragen, beim Staatsanwalt einen Hausdurchsuchungsbefehl für Herrn Sintens Atelier zu erwirken«, konterte sie. »Wenn ihr bei dieser Durchsuchung das gestohlene Gemälde seines Freundes findet … dieses Fischstillleben … dann ist er ja wohl fällig.«

Ruth bereute langsam, ihrer Tochter so viel über ihren aktuellen Fall erzählt zu haben. Sie hatten noch bis tief in die Nacht in der Küche gesessen und geredet. Clarissa hatte alles über Sinten wissen wollen. Dass sich das Gespräch dabei nur um Ruths Arbeit drehte, hatte sie anscheinend nicht im Mindesten gestört. Ganz im Gegenteil, ständig hatte sie nachgefragt und ihrer Mutter auf diese Weise Stück für Stück alle Informationen entlockt. Das lebhafte Interesse ihrer Tochter hatte es Ruth unmöglich gemacht, nicht auf ihre Fragen einzugehen. Dass sie der Polizeiarbeit ausnahmsweise einmal nicht mit Ablehnung begegnete und die Beleidigte spielte, hatte Ruth so sehr überrascht, dass sie nicht anders konnte, als Clarissa alles genauestens zu schildern. Und jetzt fragte sie sich, ob dies nicht vielleicht ein Fehler gewesen war. »Es ist nicht üblich, Unbeteiligte in die Ermittlungen einzubeziehen«, sagte sie und schlüpfte in ihre Schuhe.

»Ich bin keine Unbeteiligte«, stellte Clarissa richtig. »Ich wurde von Herrn Sintens Verhalten arg in Mitleidenschaft gezogen. Ich bin ein Opfer.«

Ruth seufzte. »Also gut«, gab sie nach. »Aber du musst mir versprechen, im Auto zu warten. Es geht nicht an, dass du in dem Atelier herumgeisterst, während wir eine Hausdurchsuchung durchführen. Das wäre im höchsten Grade unprofessionell und womöglich auch gefährlich.«

Missmutig vergrub Clarissa die Hände in den Hosentaschen. »Na schön«, sagte sie zerknirscht. »Ich werde im Wagen bleiben, versprochen.«

Ruth kniff ihrer Tochter kameradschaftlich in die Wange. »Ich freue mich ehrlich über dein Interesse an diesem Fall. Aber es gibt Grenzen, die wir nicht überschreiten dürfen.«

Clarissa nickte gefasst, dann lächelte sie schief. »Dein Job ist irgendwie ja doch ganz aufregend«, merkte sie vorsichtig an.

Wenig später saßen sie in dem VW up! und fuhren die Treckerpiste entlang.

*

Der zivile Einsatzwagen der Polizeistation Greetsiel parkte vor dem Atelier, als Ruth und ihre Tochter mit dem Wagen dort eintrafen. Alice Bergmann war ebenfalls mit von der Partie. Ihr Streifenwagen stand auf der gegenüberliegenden Straßenseite. Hagen hatte ihr offenbar aufgetragen, sie bei der Hausdurchsuchung zu unterstützen. Beide lehnten mit dem Rücken an der Seite des BMW und sahen ihrer Chefin neugierig entgegen.

Clarissa winkte ihnen vom Beifahrersitz aus zu, verschränkte dann die Arme vor der Brust und schaute mit einem Anflug von Trotz zur Seite.

Ruth stieg aus. »Ich konnte sie nicht davon abhalten, mitzukommen«, erklärte sie, als sie von ihrem Partner einen fragenden Blick auffing. »Haben Sie alle erforderlichen Papiere beisammen?«, wechselte sie dann rasch das Thema.

Hagen klopfte mit der flachen Hand gegen seine Jacke, dort, wo sich die Innentasche befand.

Ruth nickte zufrieden. Dann marschierte sie an den Skulpturen vorbei auf das Haus des Landschaftsmalers zu. Hagen und Alice folgten ihr dichtauf.

Die Ladenglocke schrillte los, als Ruth die Tür aufstieß. Malte Sinten hängte gerade ein gerahmtes Aquarell an eine der Stellwände. Mit einem unverbindlichen Lächeln wandte er sich den Eintretenden zu. Nicht die kleinste Regung in seinem Gesicht verriet, dass er beunruhigt war. »Was kann ich für Sie tun?«, erkundigte er sich.

Statt zu antworten, drückte Hagen dem Mann im Vorbeigehen den Hausdurchsuchungsbeschluss gegen die Brust. Sinten nahm den

Zettel und betrachtete ihn verstört. »He!«, rief er, während Hagen und Alice auf die Verbindungstür zuschritten, die in den Wohnbereich des Künstlers führte. »Sie können doch nicht einfach …«

»Sehen Sie es als kleine Revanche für den Besuch, den Sie meinem Haus in der vergangenen Nacht abgestattet haben«, unterbrach Ruth den Mann. Als Sinten den Mund auftat, hob Ruth abwehrend die Hand. »Sie sind auf dem Video meiner Überwachungskamera zu sehen … und ich habe den Geheimgang entdeckt, den Sie benutzt haben, um unbemerkt in das Deichhaus zu gelangen.«

Sinten klappte die Kinnlade herunter.

»Ich kann Sie wegen unbefugten Eindringens in mehreren Fällen drankriegen – in Kombination mit Vandalismus.« Ruth sah Sinten scharf an. »Und womöglich werden Sie darüber hinaus für versuchten Totschlag belangt.«

»Was? Nein!«, rief Sinten bestürzt. »Mit dem Einbruch ins Kontor des Fischereibetriebes habe ich nichts zu schaffen, das sagte ich bereits!«

»Sollten wir das Fischstillleben Ihres Freundes Dirk Eckart bei Ihnen finden, wird es mir schwerfallen, das zu glauben«, gab Ruth trocken zurück.

»Bitte … Sie müssen mir glauben. Ich wäre zu einer solchen Gewalttat gar nicht fähig!«

»Was wollten Sie mit diesen makabren Aktionen im Deichhaus eigentlich bezwecken?«, wechselte Ruth das Thema.

Sinten blickte beschämt zu Boden. »Ich … ich wollte verhindern, dass das Haus meines Freundes einen neuen Besitzer findet«, sagte er rau.

»Warum?«

Sinten sah zu ihr auf. »Es … es geht mir um Dirk Eckarts Andenken. Es würde entehrt werden, wenn alle Spuren seines Lebens aus dem Haus getilgt werden.«

»Das Gebäude steht seit zwei Jahren leer«, erwiderte Ruth. »Sämtliche Einrichtungsgegenstände Ihres Freundes wurden entfernt. Was sollte an diesem Gebäude denn noch an das Leben des Künstlers Dirk Eckart erinnern?«

»Das ist es ja gerade!«, rief Sinten gequält. »Dirks Tochter hat sich alles unter den Nagel gerissen. Nur das Haus ist mir als Erinnerung an meinen Freund geblieben. Und … und jetzt wird die mir auch noch genommen.«

Ruth sah den Mann zweifelnd an. Dass er ein guter Schauspieler war, hatte er bereits mehrfach bewiesen. Es fiel ihr daher schwer, ihm zu glauben. »Haben Sie wirklich gedacht, mich mit Ihren haarsträubenden Aktionen aus dem Haus vertreiben zu können?«, fragte sie.

Sinten presste hart die Lippen aufeinander und nickte.

»Sie haben damit das genaue Gegenteil erreicht«, klärte Ruth ihn auf. »Diese geheimnisvollen Vorkommnisse haben mich quasi dazu herausgefordert, der Sache auf den Grund zu gehen.«

Verärgert wich Sinten ihrem Blick aus und verfiel in verbissenes Schweigen.

*

Im Keller entdeckten Hagen und Alice eine lebensgroße Strohpuppe, eine Rolle Hanfseil und mehrere Flaschen Theaterblut. Hätten zu diesem Zeitpunkt noch Zweifel bestanden, dass Malte Sinten der Urheber der Vorfälle im Deichhaus gewesen war, so wären diese nun ausgeräumt gewesen, denn bei der Strohpuppe handelte es sich haargenau um dasselbe Exemplar, das während Ruths erster Besichtigung des Spöökhuus an einem Strick vom Dielenbalken gebaumelt hatte.

Von dem Fischstillleben fehlte jedoch jede Spur. Sollte Sinten den Einbruch ins Kontor des Fischereibetriebes tatsächlich initiiert haben, so hatte er das Diebesgut an anderer Stelle versteckt. Aber natürlich beteuerte er, dass er über den Verbleib des Gemäldes nichts wusste.

Als Ruth mit ihren Kollegen das Atelier verließ, sah sie als Erstes zu ihrem kirschroten Wagen hinüber. Clarissa hatte offenbar Wort gehalten, denn sie saß nach wie vor auf dem Beifahrersitz. Ihre Stirn umwölkte sich allerdings, während Ruth sich dem Auto nun näherte.

»Warum wird Malte Sinten von euch denn nicht abgeführt?«, fragte sie aufgebracht, als Ruth sich hinter das Steuer schob.

»Weil dafür kein Grund vorliegt«, erklärte sie geduldig. »Es wird Anzeige wegen verschiedener Delikte und Ordnungswidrigkeiten gegen ihn erstattet werden. Aber die reichen für eine Festnahme bei Weitem nicht aus.«

»Ihr habt das Fischstillleben bei ihm also nicht gefunden?«

»So ist es.« Ruth startete den Wagen.

»Warum kannst du ihn nicht trotzdem ein paar Tage in die Arrestzelle sperren? Verdient hätte er es allemal.«

»Das wäre albern und unangebracht«, antwortete Ruth und fuhr los. »Wir werden in der Pension Herta jetzt gemeinsam frühstücken«, verkündete sie. »Danach habe ich zu arbeiten und du musst dich allein beschäftigen.«

Clarissa verzog das Gesicht. »Das war ja nicht anders zu erwarten gewesen«, murrte sie.

»Am Nachmittag habe ich wieder Zeit für dich«, beteuerte Ruth.

Clarissa setzte sich auf und sah ihre Mutter aufgeregt an. »Du … da war vorhin eine Frau, die sich äußerst verdächtig verhalten hat.«

Ruth lächelte milde. »So – was war denn los?«

»Die Frau war ziemlich gutaussehend«, berichtete Clarissa. »Aber sie hatte sich unauffällig gekleidet, als wollte sie keine Aufmerksamkeit auf sich ziehen. Als sie das Polizeiauto sah, zuckte sie regelrecht zusammen. Sie zog die Schultern hoch und eilte dann in dieselbe Richtung davon, aus der sie gekommen war.«

»Möglicherweise war es nur eine Touristin, der eingefallen war, dass sie die Sonnencreme vergessen hatte«, gab Ruth zu bedenken.

»Das glaube ich nicht«, erwiderte Clarissa engagiert.

Ruth lächelte gerührt. »Findest du jetzt etwa Gefallen an der Polizeiarbeit, Liebes?«

Clarissa zuckte mit den Schultern. »Ich weiß nicht«, sagte sie. »Aber ich muss zugeben, dass mir gar nicht klar war, wie aufregend dein Beruf eigentlich ist.«

*

Um vier Uhr nachmittags kehrte Ruth zum Deichhaus zurück. In Hamburg wäre ihr mit hundertprozentiger Wahrscheinlichkeit etwas Berufliches dazwischengekommen, sodass sie das mit ihrer Tochter vereinbarte Treffen nicht hätte einhalten können. Hier in Greetsiel aber liefen die Dinge ein wenig entspannter ab. Ruth wäre auch zutiefst bekümmert gewesen, wenn sie Clarissa wieder einmal hätte vertrösten müssen, wie sie es früher oft hatte tun müssen, weil die Polizeiarbeit sie fast rund um die Uhr beansprucht hatte. Dass ihr dies heute erspart geblieben war, bewies ihr einmal mehr, dass ihre Entscheidung, sich in diesen malerischen Ort versetzen zu lassen, goldrichtig gewesen war.

Mit diesen Gedanken beschäftigt, ließ Ruth die Maisfelder hinter sich und steuerte auf das Friesenhaus zu. Dabei stellte sie fest, dass

Clarissa nicht allein war. Gemeinsam mit Alberta saß sie auf der Veranda und trank ein dampfendes Heißgetränk. Vergnügt winkte sie ihrer Mutter zu.

Die beiden jungen Frauen erhoben sich und kamen Ruth entgegen. »Ich hoffe, es ist in Ordnung, dass ich Alberta mit hierher gebracht habe«, sprach Clarissa sie an, als sie aus dem Wagen stieg.

Ruth zuckte vage mit den Schultern. Ihr wäre es lieber gewesen, allein mit ihrer Tochter Zeit zu verbringen.

»Ich hatte mich gelangweilt und darum Alberta angerufen, um sie zu fragen, ob sie sich mit mir in Greetsiel treffen wollte«, erläuterte Clarissa. Sie legte der Schwangeren eine Hand auf die Schulter. »Wir verstehen uns ganz gut, wir beide. Schließlich haben wir uns mit einem Taxi hierher bringen lassen.« Sie deutete um sich. »Es ist wunderschön hier.«

Ruth hatte den Eindruck, dass Clarissa sich zu rechtfertigen begann, genauso wie sie es ihr gegenüber früher meist getan hatte. Und das behagte ihr ganz und gar nicht. »Ich hoffe, ihr hattet eine gute Zeit«, sagte sie daher, lächelte freundlich und schritt auf die Veranda zu.

»Gibt es Neuigkeiten im Mordfall meines Vaters?«, platzte es aus Alberta hervor. Sie hastete umständlich hinter Ruth her, während Clarissa lässig schlendernd ein Stück hinter ihnen zurückblieb.

»Bestimmt hat meine Tochter Sie auf den aktuellen Stand gebracht«, wehrte Ruth ab und erklomm die Veranda.

»Hat sie nicht.« Alberta ächzte und hielt sich den Bauch. Es fiel ihr sichtlich schwer, die Stufe der Veranda zu bewältigen. »Über Ihre Ermittlungen wollte sie nichts verraten.«

Ruth warf Clarissa einen anerkennenden Blick zu und betrat das Haus dann durch die Verandatür. »Wir hatten ein wenig Ärger mit dem besten Freund Ihres Vaters«, berichtete sie. Kurz hielt sie im Schritt inne, damit Alberta zu ihr aufschließen konnte. »Es hat ihn offenbar ziemlich fertiggemacht, dass ihm kein Andenken an Dirk Eckart geblieben war.«

»Herr Sinten war total respektlos«, beschwerte sich Alberta aufgebracht. »Bevor ich in Greetsiel eintraf, um mich um den Nachlass meines Vaters zu kümmern, hatte er die Sachen schon durchwühlt und das ganze Haus auf den Kopf gestellt.«

»Warum das denn?«, wunderte sich Ruth. Sie näherte sich der Treppe, weil sie sich im ersten Stock ein wenig frisch machen wollte.

Alberta gestikulierte aufgewühlt. »Offenbar hatte er etwas gesucht. Aber er machte nicht den Eindruck, als hätte er es gefunden. Er ging mir richtiggehend auf den Geist, denn er bestand darauf, mir bei der Haushaltsauflösung zu helfen.«

Langsam stieg Ruth die Treppe hinauf, aber Alberta blieb unten stehen. »Herr Sinten meinte, Sie hätten sich den Nachlass Ihres Vaters unter den Nagel gerissen.«

»So eine Frechheit!«, rief Alberta erbost. »Ich hatte ihm angeboten, dass er sich ein Andenken aussuchen durfte. Aber das hatte er abgelehnt.«

Die Stufen knarrten und ächzten unter Ruths Tritten. »Warum haben Sie Ihren Vater eigentlich so selten besucht?«, fragte sie.

Als wäre sie fortgestoßen worden, wich Alberta einen Schritt zurück. »Es … es war nicht so einfach für mich, nach Greetsiel zu kommen«, sagte sie. »Meine Mutter weigerte sich, Dirk je wiederzusehen. Ich musste mich von Berlin aus also allein auf den Weg machen.« Sie stemmte die Hände in die Hüften. »Dafür hat mein Vater mich oft besucht, als ich endlich eine eigene Wohnung hatte. Ich kannte ihn also besser, als die Leute hier vermuten mögen.«

Ruth hatte die oberste Stufe erreicht.

»Zum Beispiel hat er, wenn er diese Treppe hochgegangen ist und auf der Stufe stand, auf der Sie jetzt gerade stehen, immer gesagt, sie wäre seine Versicherung.«

Ruth drehte sich um und sah auf die Schwangere hinab. Clarissa hielt sich im Hintergrund, verfolgte das Gespräch jedoch aufmerksam. »Das ist allerdings eine seltsame Bemerkung«, stellte sie fest.

Alberta zuckte mit den Schultern. »Das war wahrscheinlich ein Scherz, weil diese Stufe die einzige ist, die Halt verspricht, während die anderen schon ziemlich marode sind.« Verstohlen wischte sich Alberta eine Träne aus den Augenwinkeln. »Zur Betonung hatte Dirk dann dreimal aufgestampft, wie das Leute so machen, die ein wenig abergläubisch sind: dreimal auf Holz klopfen, nachdem sie etwas behauptet haben und so.«

»War dein Vater denn ein abergläubischer Mensch?«, erkundigte sich Clarissa.

»Eigentlich nicht.« Alberta lächelte verklärt. »Außer, wenn er auf dieser nicht knarrenden Stufe stand.«

Ruth stampfte nun ebenfalls mit dem Schuh auf und betrachtete die Stufe dabei nachdenklich. Sie knarrte nicht, klang aber auch nicht hohl, wie eigentlich zu erwarten gewesen wäre.

Einer inneren Eingebung folgend hockte Ruth sich hin, um das Trittbrett genau zu untersuchen. Dort, wo der Auftritt gegen die oberste Stufenkante stieß, schimmerte es metallen aus der Tiefe der Fuge hervor. Die Beschaffenheit des halb verborgenen Gegenstandes erinnerte Ruth entfernt an ein Scharnier. Sie griff unter die Stufenvorderkante und tastete sie ab. Plötzlich spürte sie eine flache, kreisrunde Erhebung, und als sie darauf drückte, erklang ein trockener Laut, als würde ein Riegel aufschnappen.

Noch immer hockend kletterte Ruth auf den oberen Treppenabsatz, woraufhin das Trittbrett, auf dem sie gestanden hatte, wie von einer Feder gedrückt nach oben klappte.

Neugierig geworden, kamen Alberta und Clarissa die Treppe hinauf. Gebannt richteten die Frauen den Blick auf das Fach, das unter der Klappe zum Vorschein gekommen war … und auf die zusammengerollte Leinwand, die darin lag.

*

Ruth legte die Leinwandrolle behutsam auf den Küchentisch. Das Material war ein bisschen vergilbt und knisterte trocken, als sie das Gewebe nun langsam entrollte. Es handelte sich um ein Ölbild, wie schnell ersichtlich wurde. Das dunkle Motiv war über und über mit Krakelüre überzogen. Die feinen Risse, die durch Austrocknung der Farben und des Firnisses entstanden, bedeckten das gesamte Gemälde. Dieser Effekt konnte bei vielen alten Ölgemälden beobachtet werden.

Doch dies war nicht der einzige Makel, den dieses Kunstwerk aufzuweisen hatte. Ein hässlicher, gezackter Riss mit ausgefransten Kanten zog sich über das halbe Gemälde, was es schwer machte, es zur Gänze zu entrollen. Das Bild zeigte einen Fischer, der ein Fangnetz flickte. Die Figur saß gebeugt da, und offenkundig regnete es gerade. Der Himmel wölbte sich finster und unheilverkündend über die Szene. Ein paar verirrte Sonnenstrahlen, die durch die Wolkendecke gebrochen waren, warfen schimmernde Flecken auf das dunkle Wasser des Hafenbeckens.

»Dieses Bild hat mein Vater definitiv nicht gemalt«, stellte Alberta fest. »Dirk hat stets farbintensive Werke geschaffen, aber nie solche finsteren Schinken.«

»Ihr Vater hat gemeinsam mit Herrn Sinten ein Gemälde angefertigt, das diesem vom Stil her sehr ähnlich ist«, erinnerte sich Ruth. »Es hängt in Sintens Atelier.«

Clarissa deutete auf die Signatur am unteren Bildrand. »Das hier haben die beiden aber sicherlich nicht gemalt.«

Ruth beugte sich vor. »Emil Kolbe, steht da geschrieben«, murmelte sie.

»Emil Kolbe war ein ostfriesischer Landschaftsmaler, der im vorigen Jahrhundert gelebt hat«, merkte Alberta an. »Mein Vater hatte manchmal von ihm gesprochen. Kolbes Werke erzielen auf dem Kunstmarkt astronomisch hohe Preise. Das muss ihn sehr beeindruckt haben, denn für seine eigenen Gemälde waren die Leute nicht bereit, so viel zu zahlen.«

Ruth strich das Gemälde behutsam glatt und entfaltete dabei auch die untere Ecke, die noch ein kleines Stück aufgerollt gewesen war. Ein Foto rutschte hervor und fiel zu Boden.

Ruth hob die Fotografie auf und legte sie in die Mitte des Gemäldes. Auf der Aufnahme lächelten ihnen Dirk Eckart und Malte Sinten entgegen. Mit ausgestreckten Armen hielten sie das beschädigte Gemälde von Emil Kolbe in die Höhe, sodass es sich direkt zwischen ihnen befand.

»Was hat das zu bedeuten?«, fragte Alberta verstört. »Was hatte mein Vater mit diesem Gemälde zu schaffen?«

»Er hatte dieses Bild und dieses Foto offenbar als eine Art Versicherung angesehen«, äußerte sich Ruth vorsichtig. »Das war es, was er Ihnen hatte sagen wollen, wenn er auf der obersten Treppenstufe stand.«

»Aber warum hätte er das tun sollen?«, fragte Alberta verzagt.

Clarissa holte ihr Smartphone hervor und hantierte konzentriert daran herum. »Ich sehe mir gerade Gemälde von Emil Kolbe im Internet an«, erläuterte sie, als sie bemerkte, dass Ruth zu ihr herübersah. Plötzlich zog sie die Augenbrauen hoch. »Hier ist es«, sagte sie und drehte das Handy herum, damit ihre Mutter und Alberta das Display sehen konnten. »Das Gemälde heißt *Greetsieler Krabbenfänger*.«

Ein Abbild des vor ihnen auf dem Tisch liegenden Werkes füllte den Bildschirm aus. Auf dem Foto war das Gemälde allerdings unversehrt.

»Versuch bitte mehr über dieses Ölbild herauszufinden«, forderte Ruth ihre Tochter auf.

Clarissa machte sich unverzüglich an die Recherche. Lange suchen brauchte sie nicht. »Der *Greetsieler Krabbenfänger* galt als verschollen«, berichtete sie. »Das Gemälde wurde vor etwa zweieinhalb Jahren während eines Museumsraubes in Emden gestohlen. Dort wurde eine Retrospektive des Künstlers gezeigt – aus dieser Zeit stammt auch das Abbild im Internet, das ich euch gerade gezeigt habe. Eines Nachts haben Räuber den *Greetsieler Krabbenfänger* dann aus dem Ausstellungsraum des Gemäldespeichers entwendet.«

»Gemäldespeicher?«, echote Alberta.

»So heißt das Museum in Emden«, erläuterte Clarissa.

Alberta keuchte entsetzt auf. »Mein Vater würde aber doch kein Bild klauen!«, rief sie empört.

Ruth nahm die Fotografie mit den beiden befreundeten Künstlern darauf und drehte sie um. Auf der Rückseite prangte ein Zeitstempel, der verriet, wann die Aufnahme gemacht worden war. »Dieses Foto ist ein halbes Jahr vor dem Raub entstanden«, sagte sie nachdenklich. »Also vor drei Jahren.«

»Hä?«, machte Clarissa. »Wie soll das denn gehen? Wenn sich das Gemälde schon ein halbes Jahr vor dem Raub in diesem bedauerlichen Zustand befunden hat, wie kann es dann sein, dass es später in unversehrtem Zustand gestohlen wurde?«

»Eine gute Frage«, sagte Ruth. »Ich denke, ich werde dem Gemäldespeicher in Emden mal einen Besuch abstatten.«

Clarissa sah auf ihrem Handy nach. »Das Museum schließt in einer Stunde«, verkündete sie. »Wenn wir uns beeilen …«

Ruth hob beschwichtigend die Hände. »Immer langsam, Fräulein. Erstens habe ich Feierabend und zweitens ist der Besuch des Gemäldespeichers eine polizeiliche Angelegenheit, die ich gemeinsam mit meinem Ermittlungspartner zu erledigen gedenke.«

Clarissa ließ die Schultern hängen. »Ja … du hast natürlich recht.«

»Aber irgendetwas müssen wir unternehmen!«, drängte Alberta.

»Wir bereiten uns jetzt einen kleinen Imbiss zu und machen es uns auf der Veranda gemütlich.« Ruth lächelte in die Runde. »Es ist keine

Gefahr im Verzuge. Es besteht also kein Anlass, in Hektik auszubrechen.«

Clarissa schob ihr Smartphone in die Hosentasche. »Eine ausgezeichnete Idee, Mama«, sagte sie in einem Tonfall, in dem sich Anerkennung und Verwunderung zu einem Ausdruck tiefer Zufriedenheit mischten. »Die Polizeiarbeit kann warten.«

Kapitel 8

Der Gemäldespeicher war in einem historischen Speicher in der Nähe des Emder Hafens untergebracht. Das hoch aufgeschossene, mehrstöckige Gebäude war von Grund auf saniert worden und machte einen schmucken, soliden Eindruck. Die Tore zum Bestücken der verschiedenen Speicherebenen waren durch Fenster ersetzt und der Kranausleger am Dachfirst mit Rostschutzfarbe satt bestrichen worden. Die Sonne beschien die Fassade an diesem Vormittag mit ungefilterter Kraft und ließ das alte Gemäuer in seiner ganzen Pracht erstrahlen.

Hagen hatte am frühen Morgen mit der Museumsdirektorin telefonisch einen Termin vereinbart. Worum es ging, hatte er jedoch offengelassen, so wie Ruth es ihm aufgetragen hatte. »Wir wollen nicht gleich mit der Tür ins Haus fallen«, hatte sie das Vorgehen ihrem jungen Kollegen gegenüber begründet. »Wenn Frau Aufenanger ein reines Gewissen hat, wird sie unserem Besuch entspannt entgegensehen. Und wenn nicht, wird sie sich fragen, ob wir über ihre Machenschaften Bescheid wissen. Denn dass in diesem Museum irgendetwas im Busch ist, ist ja wohl sonnenklar ...«

Ruth gab sich gelassen, als sie an der Seite ihres Partners jetzt den Gemäldespeicher betrat. Die Kriminologen wurden bereits erwartet. Eine hagere, äußerst zierliche Frau, die fast einen Kopf kleiner als die Hauptkommissarin war, stand in dem engen Eingangsbereich. Silberne Haare schimmerten aus dem dichten schwarzen Kopfhaar hervor, das dieselbe Farbe aufwies wie ihr Kostüm. Nervös knetete sie die Hände, als sie den Ankommenden entgegentrat. »Sie sind von der Greetsieler Polizei, nehme ich an«, sagte sie mit einer Stimme, die dünn und ungewöhnlich hell klang.

Statt zu antworten, zeigten Ruth und Hagen der Frau ihren Dienstausweis.

»Laura Aufenanger«, stellte sie sich daraufhin vor und reichte ihnen die Hand. Ihr Händedruck war sanft und ihre Finger eiskalt.

»Können wir uns irgendwo ungestört unterhalten?«, erkundigte sich Ruth.

»Oben in meinem Büro.« Die Direktorin drehte sich der Treppe zu und stieg sie empor. »Es ist alles ein wenig eng hier«, sagte sie. »Das ist der Bauweise des Speichers geschuldet. Die ehemaligen Lagerhallen eignen sich allerdings hervorragend als Ausstellungsräume.«

»Vor einigen Jahren haben Sie im Gemäldespeicher eine Retrospektive des Malers Emil Kolbe gezeigt«, sagte Ruth, während sie gemeinsam mit Hagen der Frau folgte.

Aufenanger blieb mit der Spitze ihres Hackenschuhs an einer Stufe hängen und wäre beinahe gestürzt. Sie gab einen ungehaltenen Laut von sich und setzte den Aufstieg dann ungestüm fort. »Ich erinnere mich vage«, sagte sie beherrscht. »Ich veranstalte pro Jahr etwa zwei bis drei Ausstellungen und kuratiere diese selbst. Da kommt es schon mal vor, dass ich …«

»An die Kolbe-Ausstellung werden Sie sich sicherlich noch gut erinnern«, unterbrach Hagen sie. »Damals ist eines der Gemälde gestohlen worden.«

»Ja … eine ärgerliche Angelegenheit.« Erneut erreichten sie einen Treppenabsatz und wandten sich dem nächsten Stufenabschnitt zu.

»Sie suchen die Gemälde also selbst aus und stellen sie zu einer Ausstellung zusammen«, sagte Ruth.

»Ja«, erwiderte die Direktorin knapp. Sie waren in der obersten Etage angelangt. Aufenanger steuerte auf eine Tür zu, drückte sie auf und betrat das dahinterliegende Büro. Der Raum war schmal und lang. Die Direktorin quetschte sich an dem Schreibtisch vorbei und nahm dahinter Platz. Sie machte einen erschöpften Eindruck, Schweißperlen glänzten auf ihrer Stirn.

Ruth und Hagen nahmen unaufgefordert auf den Besucherstühlen Platz.

»Was kann ich denn nun für Sie tun?«, erkundigte sich Aufenanger und faltete die Hände im Schoß.

Hagen neigte sich vor und legte der Frau Fotos des beschädigten Gemäldes vor, das Ruth im Deichhaus entdeckt hatte. »Wir haben das gestohlene Werk gefunden«, sagte er.

»Oh … das … das ist ja eine gute Nachricht.« Die Direktorin schluckte trocken, als Hagen ihr nun auch noch die Fotografie vorlegte, die in dem aufgerollten Gemälde verborgen gewesen war. Sie legte eine Hand neben die Aufnahme und berührte mit zitterndem Zeigefinger sanft Dirk Eckarts Abbild.

»Das ist nicht das Gemälde, das aus Ihrem Museum gestohlen wurde, nicht wahr?«, sagte Ruth. »Können Sie uns das bitte erklären.«

Tränen schimmerten in den Augen der Frau. »Eines Tages musste es ja herauskommen«, sagte sie mit brüchiger Stimme.

»Was?«, fragte Hagen.

Kosend fuhr Aufenanger mit dem Finger über Dirk Eckarts Gesicht. »Mir … war ein Missgeschick mit dem *Greetsieler Krabbenfänger* passiert«, erläuterte sie, ohne von dem Foto aufzublicken. »Dieses Gemälde gehörte zum Fundus dieses Museums. Ein Mäzen hatte es diesem Haus vor etwa zwanzig Jahren gespendet.« Eine Träne kullerte ihre Wange herab und blieb wie ein Tautropfen zitternd unten am Kinn hängen. »Durch ein blödes Versehen habe ich es ruiniert.« Sie schob die Aufnahme des zerstörten Gemäldes auf ihrem Schreibtisch hin und her. »Ich war total verzweifelt. Nicht nur, dass mein Job auf dem Spiel stand, ich musste auch befürchten, dass seitens des Gemäldespeichers Schadensersatzforderungen an mich herangetragen wurden.«

»Dieses Gemälde war doch bestimmt versichert«, warf Hagen ein.

Die Direktorin wischte mit dem Handrücken die Träne vom Kinn. »Gegen Diebstahl, ja. Schäden durch unsachgemäße Behandlung wurden von der Versicherung aber nicht abgedeckt.«

Hagen setzte sich kerzengerade auf. »Sie haben diesen Diebstahl also selbst inszeniert, damit die Versicherung dennoch zahlt!«, rief er aus.

Bestürzt sah die Direktorin ihn an. »Was? Nein! Was denken Sie von mir?«

»Was haben Sie denn dann getan?«, erkundigte sich Ruth. Sie packte Hagen an der Schulter und zwang ihn in eine bequemere Sitzhaltung.

Aufenanger schlug die Augen nieder. »Dirk und ich … wir waren damals ein Paar«, brachte sie mit piepsiger Stimme hervor. »Ich erzählte ihm von meinem Missgeschick. Daraufhin bot er mir an, ein Duplikat des Gemäldes anzufertigen.« Sie schlug die Hände vors Gesicht. »Ich hätte mich darauf nicht einlassen sollen, ich weiß«, presste sie hinter den Händen hervor. »Aber ich wusste damals keinen anderen Ausweg.«

»Wollen Sie damit andeuten, dass die Diebe vor zwei Jahren nicht das Original stahlen, sondern eine Fälschung?«

Die Direktorin ließ die Hände sinken und sah die Kommissarin aus verweinten Augen an. »Ja«, sagte sie. »Dieser Diebstahl hat alles nur noch schlimmer gemacht. Er führte dazu, dass die Versicherungspolice in Kraft trat und das Museum in voller Höhe für den Verlust des Gemäldes entschädigt wurde. So etwas hatte ich doch niemals erwartet.«

»Und es war niemandem aufgefallen, dass es sich beim *Greetsieler Krabbenfänger* um eine Fälschung handelte?« Hagen war anzusehen, dass er dies schwer glauben konnte.

Aufenanger nickte. »Dirk hatte das Gemälde in Zusammenarbeit mit seinem Freund Malte Sinten kopiert. Ich war selbst überrascht, wie gut die beiden das hingekriegt hatten. Sogar ich konnte keinen Unterschied zwischen den Gemälden feststellen. Dirk hatte mich auf die Ungleichheit erst aufmerksam machen müssen. Malte und er hatten ihre Initialen in der Wolkenformation versteckt. Das konnte man aber wirklich nur sehen, wenn man mit der Nase drauf gestoßen wurde.«

Hagen blies die Wangen auf und ließ hörbar Luft entweichen. »Was für eine unglaubliche Geschichte«, sagte er.

»Und doch ist sie wahr«, erwiderte die Direktorin. Gefasst atmete sie durch. »Irgendwie bin ich froh, dass die Wahrheit jetzt ans Tageslicht gekommen ist. Wenn dies für mich auch schwerwiegende Konsequenzen nach sich ziehen wird.«

»Darum werden unsere Kollegen in Emden sich kümmern«, sagte Ruth und stand auf. »Mein Kollege und ich ermitteln wegen versuchten Totschlags und nicht wegen Kunstraubes.«

»Und womöglich auch in einem Mordfall«, setzte Hagen hinzu und erhob sich ebenfalls.

Bestürzt sah die Direktorin die Kriminologen an. »Glauben Sie etwa, Dirk hat gar keinen Suizid begangen, sondern wurde ermordet? Es gab diesbezüglich gewisse Gerüchte.«

Ruth verzog verärgert das Gesicht. »Vergessen Sie, was mein übereifriger Kollege gesagt hat, Frau Aufenanger. Es liegen uns bloß Vermutungen, aber keine Indizien für diese Annahme vor.«

Die Direktorin war leichenblass im Gesicht geworden. »Ich würde es mir nie verzeihen, wenn Dirk wegen dieser unseligen Sache ums Leben gekommen wäre.«

»Wie lautet der Name des Mäzens, der dem Museum den *Greetsieler Krabbenfänger* gestiftet hatte?« Ruth stellte diese Frage mehr, um die Frau auf andere Gedanken zu bringen, als aus echtem Interesse.

Die Direktorin überlegte einen kurzen Moment lang. »Grütter«, erinnerte sie sich dann. »Sein Name war Manfred Grütter.«

»War?«, hakte Ruth nach.

Aufenanger fuhr sich mit der Hand übers Gesicht. »Er ist vor fünf Jahren gestorben«, sagte sie dann.

Ruth bedankte sich, fasste Hagen am Oberarm und zog ihn auf den Ausgang zu.

»Ich habe Mist gebaut – ich weiß«, sagte er zerknirscht, während sie die Treppen hinabstiegen.

»Das haben Sie in der Tat«, bestätigte Ruth. »Rufen Sie Alice an«, befahl sie dann. »Sie soll dafür sorgen, dass Malte Sinten sich in unserem Verhörraum für eine Befragung bereithält.«

Hagen holte sein Handy hervor und wählte die Polizeistation Greetsiel an. »Sie sind gar nicht sauer auf mich?«

»Selbstverständlich bin ich sauer«, gab Ruth ungehalten zurück.

»Sie wirken auf mich aber eher nachdenklich.« Hagen hielt sich das Handy ans Ohr, während er hinter seiner Chefin her die Stufen hinabeilte.

»Das bin ich auch«, sagte Ruth. »Ich habe den Namen Grütter schon einmal gehört. Mir will nur gerade nicht einfallen, wann und wo das gewesen ist.«

»Das war in Herrn Sintens Atelier«, sagte Hagen leichthin. »Der Kunde, der das Aquarell mit der unansehnlichen Motoryacht darauf in Auftrag gegeben hatte, heißt mit Nachnamen Grütter. Sein Vorname lautet jedoch nicht Manfred, sondern Viktor.«

*

Als Ruth und Hagen die Polizeistation Greetsiel betraten, blickte Alice, die hinter dem Tresen saß, honigsüß lächelnd zu ihnen auf. Ihre Augen hefteten sich auf ihre Chefin. »Herr Sinten wartet im Verhörraum auf Sie«, säuselte sie. »Und Ihre Tochter und Alberta Eckart in Ihrem Büro.«

»Was haben die in meinem Büro zu suchen?«, ereiferte sich Ruth.

Alice' Lächeln vertiefte sich noch ein wenig. »Ihre Tochter bestand darauf. Und im Übrigen bin ich keine Gouvernante, die auf Angehörige der Polizei Greetsiel aufzupassen hat.«

Ruth winkte ab. »Wir kümmern uns zuerst um Herrn Sinten«, bestimmte sie. Bevor Hagen einen Einwand erheben konnte, marschierte sie auf die Verbindungstür zu, die in den Flur mündete, von dem der Verhörraum und die Arrestzelle abzweigten.

Sinten, der im Zimmer unruhig auf und ab gegangen war, wirbelte erschrocken herum, als Ruth, von Hagen dicht gefolgt, in den Raum platzte.

»Setzen Sie sich«, wies Ruth den Landschaftsmaler an.

Sinten gehorchte prompt und legte die gefalteten Hände auf den Tisch.

Während Ruth dem Maler gegenüber Platz nahm und es sich auf dem Stuhl bequem machte, informierte sie ihn über das Geständnis der Museumsdirektorin Laura Aufenanger. Derweil postierte sich Hagen mit vor der Brust verschränkten Armen neben der Tür.

»Sie wollten nur deshalb verhindern, dass jemand das Haus Ihres Künstlerfreundes bezieht, weil Sie befürchteten, durch etwaige Umbauten könnte das Versteck des Gemäldes entdeckt werden, das Sie trotz intensiver Suche in dem Haus nicht hatten finden können«, schloss Ruth. »Dieser Fund hätte Ihre Teilnahme an der Fälschung des Gemäldes *Greetsieler Krabbenfischer* ans Tageslicht gebracht. Und das wollten Sie unbedingt verhindern.«

Sinten knetete nervös die Finger, schwieg jedoch.

»Ich kann gut verstehen, dass Sie das verheimlichen wollten«, äußerte sich Hagen. »Sie waren nämlich schon einmal mit einem Hehler in Verbindung gebracht worden, der gefälschte Kunst verkauft.«

»Der Name dieses Mannes lautete Harald Turner«, übernahm Ruth. »Es ist jetzt mehr als zwei Jahre her, dass er in Greetsiel tot aufgefunden wurde – nur wenige Wochen, bevor Ihr Freund Dirk Eckart angeblich Selbstmord beging.«

Sintens Hände begannen heftig zu zittern, obwohl er sie krampfhaft wie zum Gebet gefaltet hatte.

»Momentan stellt sich uns die Lage so dar«, sagte Ruth nüchtern und zählte dann auf: »Sie werden mit zwei Morden und einem versuchten Totschlag in Verbindung gebracht, Herr Sinten.«

Der Künstler riss entsetzt die Augen auf. »Wie bitte?«

»Die Mordopfer heißen Harald Turner und Dirk Eckart«, sagte Hagen. »Versuchter Totschlag liegt im Fall des Nachtwächters Heinrich Rattay vor.«

»Dirk hatte aber doch Suizid begangen!«, rief Sinten aufgebracht.

»Und Harald Turner wurde Opfer eines Unfalls.«

»Darüber kann man geteilter Meinung sein«, entgegnete Hagen trocken.

Ruth beugte sich vor. »Wenn Sie meinen, dass wir mit unseren Vermutungen danebenliegen, dann klären Sie uns auf, was es Ihrer Ansicht nach tatsächlich mit diesen Todesfällen auf sich hat.«

Sinten sah gehetzt zwischen den Ermittlern hin und her. »Ich bin kein Mörder!«

»Momentan sind Sie der einzige infrage kommende Tatverdächtige«, gab Ruth bedauernd zurück.

»Und womöglich waren Sie auch in dem Gemälderaub involviert«, ergänzte Hagen. »Dass Sie ein gewisses Geschick in diesen Dingen haben, haben Ihre Aktionen im Deichhaus ja hinreichend bewiesen.«

»Es war Harald Turner, der den *Greetsieler Krabbenfänger* gestohlen hat!«, platzte es aus Sinten hervor.

»Bei dem es sich um eine Fälschung handelte«, warf Hagen ein.

»Das wusste Herr Turner aber nicht«, versicherte Sinten. Er öffnete die Hände. »Herr Turner hatte mir während unseres Treffens in Emden von diesem Raub erzählt.«

»Warum hätte er das tun sollen?«, erkundigte sich Ruth.

»Weil … weil …« Sinten starrte seine Handflächen an. »Ich hatte damals Kontakt zu einem Hehler gesucht, der Kunstwerke zweifelhafter Herkunft verkaufte.« Getrieben blickte er die Hauptkommissarin an. »Nachdem Dirk und ich so erfolgreich das Duplikat des *Greetsieler Krabbenfängers* angefertigt hatten, überlegten wir, ob wir das nicht öfter machen könnten. Wir wollten Kopien verschiedener Werke herstellen und verkaufen. Den Kontakt zu den Kunden sollte Herr Turner herstellen. Um mir zu beweisen, was er so alles draufhat, erzählte er mir großspurig, dass er den *Greetsieler Krabbenfänger* gestohlen und kürzlich sogar teuer verkauft hätte.«

»Meines Wissens war Herr Turner ein Hehler und kein Einbruchsspezialist«, wandte Ruth ein.

Sinten nickte abgehackt. »Der Einbruch in den Gemäldespeicher stellte eine Ausnahme dar. Herr Turner hatte ihn auch nicht allein durchgeführt. Er hatte Unterstützung von einer Frau, die derartige Diebereien schon öfter durchgezogen hatte.«

»Wer war diese Frau?«, wollte Hagen wissen.

»Keine Ahnung. Herr Turner war zwar ziemlich gesprächig, aber vorsichtig war er trotzdem.«

»An wen hatte Herr Turner das gestohlene Gemälde verkauft?«, verlangte Ruth zu wissen.

»Den Namen des Käufers hat er natürlich auch nicht preisgegeben.«
Sinten seufzte schwer. »Ich habe Dirk später von diesem Treffen
erzählt. Einige Tage später erfuhren wir, dass Harald Turner tot im
Neuen Greetsieler Sieltief aufgefunden wurde. Wir zweifelten keine
Sekunde daran, dass er ermordet wurde, weil er eine Fälschung des
Greetsieler Krabbenfischers an den Mann gebracht hatte. Das war
für uns eine bittere Erkenntnis.«

»Hauptkommissar Wieler ging von einem Unfall wegen Trunken-
heit aus«, warf Hagen ein. »Vermutlich wäre er zu einem anderen
Schluss gekommen, wenn er gewusst hätte, was Sie damals
wussten.«

Sinten starrte stumm auf seine Hände hinab.

Ruth hatte den Eindruck, dass sie an dieser Stelle nicht weiterka-
men. »Woher kennen Sie Viktor Grütter?«, wechselte sie daher das
Thema.

Sinten blinzelte überrumpelt. »Er … er ist einer meiner Stammkun-
den«, antwortete er. »Sein Vater, Manfred Grütter, war ein in der
Kunstszene äußerst bekannter Mäzen gewesen. Sein Sohn teilt diese
Leidenschaft für die bildende Kunst. Er ist ein eifriger Sammler.«

»Wussten Sie, dass Manfred Grütter dem Gemäldespeicher den
Greetsieler Krabbenfischer gestiftet hatte?«

Sinten zuckte mit den Schultern. »Ja, davon habe ich gehört.«

Ruth nickte gedankenversunken und erhob sich dann. »Wir werden
Sie vorerst in Arrest nehmen, Herr Sinten«, verkündete sie. »Bis Ihre
Rolle in diesem Fall eindeutig geklärt wurde.«

Der Landschaftsmaler presste gefasst die Lippen aufeinander.
»Verstehe«, sagte er rau.

Die beiden Kriminologen verließen das Verhörzimmer. In den
Empfangsbereich zurückgekehrt, wies Ruth Alice an, Sinten in die
Arrestzelle zu sperren. Anschließend begab sie sich gemeinsam mit
Hagen in ihr Büro.

*

Als Ruth den Raum betrat, schnellte Clarissa wie ertappt aus dem
Bürosessel ihrer Mutter hoch. Alberta, die auf Hagens Platz saß,
blieb phlegmatisch sitzen und hielt sich den Bauch.

125

Ruth stemmte die Hände in die Hüften, schüttelte aber nachsichtig den Kopf. »Habt ihr den Mordfall inzwischen aufgeklärt?«, scherzte sie trocken.

Clarissa strich sich verlegen eine Haarsträhne aus dem Gesicht. »Wir ... wir haben tatsächlich etwas beobachtet«, setzte sie an.

Ruth seufzte. »Ich erkenne dich gar nicht wieder, Clarissa. Ich dachte immer, Polizeiarbeit wäre dir zuwider.«

»Es geht um diese Frau, von der ich dir erzählt hatte.«

»Du meinst die Touristin, die ihre Sonnenmilch vergessen hatte?«, gab Ruth nüchtern zurück.

»Wir haben sie heute erneut gesehen«, mischte Alberta sich ein. »Im Hafen.«

»Na und?«

Clarissa deutete auf die Stellwand aus Plexiglas. »Es war diese Frau«, sagte sie und zeigte auf eine Fotografie. Darauf war die Person abgelichtet, die sich mit Harald Turner in Emden ein Zimmer geteilt hatte. Glattes, dunkles Haar hing der Frau bis auf die Schultern herab und rahmte ihr fein geschnittenes Gesicht.

»Bist du dir sicher?«, fragte Hagen.

»Absolut«, bestätigte Clarissa.

»Wir haben sie beim Yachthafen gesehen«, erläuterte Alberta. »Sie betrat ein abgrundtief hässlich aussehendes Motorboot. Es heißt *Silberpfeil* und ist ganz und gar ...«

»Grau«, vervollständigte Ruth.

Hagen trat vor die Stellwand hin. Akribisch, wie er war, hatte er dort sämtliches Material, das mit ihrem aktuellen Fall zu tun hatte, aufgehängt. Mit dem Zeigefinger tippte er auf das Foto der Fremden. »Diese Frau wurde am Tag vor dem Gemälderaub fotografiert«, sagte er und drehte sich dann zu seiner Chefin um. »Herr Sinten meinte vorhin, dass Harald Turner den Diebstahl zusammen mit einer Frau durchgezogen hätte, die schon öfter derartige Aktionen durchgeführt hatte.«

Ruth wirkte jetzt äußerst konzentriert. »Womöglich hatte sie Harald Turner zu diesem Raub sogar angestiftet. Denn eigentlich fungiert er ja nur als Verkäufer.«

Hagen nickte gewichtig. »Die eigentliche Initiatorin dieses Coups war also diese Fremde.«

Ruth wiegte abwägend den Kopf. »Ich vermute eher, dass sie für einen Auftraggeber arbeitet, jemand, der ihr sagt, welche Gemälde sie stehlen soll.«

Hagen bekam große Augen. »Viktor Grütter, dem die graue Motoryacht gehört!«

»Darauf scheint momentan einiges hinzudeuten.« Ruth atmete tief durch. »Nicht nur, dass diese mutmaßliche Diebin sich auf seiner Yacht herumtreibt. Darüber hinaus hat sie wahrscheinlich ein Bild gestohlen, das Viktor Grütters Vater vor zwanzig Jahren dem Gemäldespeicher in Emden gestiftet hatte. Möglicherweise wollte der Sohn sich dieses wertvolle Werk auf diese Weise wiederbeschaffen.«

»Nur wusste er nicht, dass es sich um eine Fälschung handelte«, brachte sich Clarissa unaufgefordert ein.

Hagen bedachte Ruths Tochter mit einem anerkennenden Nicken. »Vielleicht hat er es herausgefunden und den Hehler deshalb umgebracht«, spann er den Faden weiter.

Ruth rieb sich den Nacken. »Wenn er das hätte bestrafen wollen, hätte es die Diebin auch treffen müssen«, gab sie zu bedenken. »Die erfreut sich jedoch bester Gesundheit, wie wir wissen.«

»Viktor Grütter und diese Diebin kommen aber sicherlich für den Einbruch in das Kontor des Fischereibetriebes als Täterduo infrage«, wandte Hagen ein. »Dieses Fischstillleben war Dirk Eckarts letztes Werk und für einen Sammler wie Viktor sicherlich von hohem Wert.«

»Und warum hat er Herrn Niehaus nicht einfach gefragt, ob er ihm das Gemälde verkauft?«, stellte Clarissa eine Frage.

»Weil das Risiko bestand, dass Herr Niehaus Nein sagt«, war Hagen nicht um eine Antwort verlegen. »Viktor Grütter wollte dieses Bild um jeden Preis besitzen. Also hat er gar nicht erst gefragt, sondern die für ihn arbeitende Diebin auf Beutezug geschickt. Auf diese Weise stellte er sicher, dass sein Name während der späteren Ermittlungen gar nicht erst auftauchte.«

»Das klingt durchaus plausibel«, sagte Ruth. »Jemand, der eine Kunsträuberin beauftragt, ein Gemälde zu stehlen, das der eigene Vater einem Museum gespendet hatte, wäre durchaus zuzutrauen, ein Kunstwerk vorsorglich illegal in seinen Besitz zu bringen, aus Angst, als Kaufinteressent eine Abfuhr zu kassieren.«

Hagen zog seine Jacke glatt. »Knöpfen wir uns diesen dubiosen Kunstliebhaber jetzt vor?«

Ruth nickte. »Zuvor besorgen wir uns aber einen Durchsuchungs-befehl für den *Silberpfeil*.«

Erneut meldete sich Clarissa zu Wort: »Es wäre wahrscheinlich sinnlos zu fragen, ob Alberta und ich mitkommen dürfen.«

Ruth lächelte bittersüß. »Genau ... das wäre es!«, bekräftigte sie.

*

Während Ruth und Hagen den Anleger des Yachthafens entlang-schritten, erschien Viktor Grütter an Deck des *Silberpfeils*. Er ließ den Spazierstock an der Handschlaufe lässig kreisen und deutete mit der Spitze dann auf die beiden Kriminologen. »Sie habe ich doch schon einmal gesehen«, sagte er vergnügt. »In Herrn Sintens Atelier, wenn ich mich nicht täusche.«

Hagen ging als Erster über den Laufsteg, der die Yacht mit dem Anleger verband. »Polizei«, sagte er unverwandt, zeigte seinen Dienstausweis vor und händigte dem Mann anschließend den Durch-suchungsbeschluss aus.

Grütter machte sich nicht die Mühe, den Schrieb anzusehen. »Was verschafft mir die Ehre Ihres Besuchs?«, erkundigte er sich, während auch Ruth das Deck betrat.

»Wir sind auf der Suche nach gestohlenen Gemälden«, klärte sie den Mann auf.

»Und da kommen Sie ausgerechnet zu mir?«, gab sich der Kunst-sammler erstaunt.

Hagen stieg die unter Deck führende Treppe hinab. Grütter beeilte sich, ihm zu folgen, und Ruth schloss sich ihm an. Vor ihnen erstreckte sich ein Gang, von dem mehrere Türen abzweigten. Hagen blieb plötzlich stehen. Ungläubig stierte er ein Gemälde an, das vor ihm an der Wand hing.

»Das ist der *Greetsieler Krabbenfänger*!«, stieß er hervor. »Sie haben dieses Bild aus dem Gemäldespeicher in Emden entwenden lassen!«

»Wo denken Sie hin?«, echauffierte sich Grütter. »Bei diesem Werk handelt es sich mitnichten um das Original, sondern um ein Duplikat, das ich habe anfertigen lassen.«

Ruth besah sich die Wolkenformationen auf dem Bild genauer – und entdeckte schließlich die Initialen der Künstler Dirk Eckart und

Malte Sinten. »Dieses Gemälde weist dieselbe Abweichung auf wie die gestohlene Fälschung des Museums«, stellte sie fest.

Sie drehte sich zu Grütter um. Im selben Moment, da sie in sein wutverzerrtes Gesicht blickte, traf sie der Handgriff seines Spazierstocks am Kopf. Rasender Schmerz explodierte in ihrem Schädel und Schwärze breitete sich um sie herum aus.

*

Benommen blinzelnd kam Ruth wieder zu sich. Zwei Schritte von ihr entfernt rangen Viktor Grütter und Hagen Reese miteinander. Der Kunstsammler hatte ihr den Rücken zugekehrt, holte mit dem Spazierstock aus und schlug mit dem silbernen Löwenkopf auf den Kommissar ein. Dabei schrie er wütend und mit überschnappender Stimme.

Ruth wollte etwas rufen. Aber es kam nur ein Krächzen über ihre Lippen. Auch brachte sie es nicht fertig, die Dienstwaffe mit ihren gefühllosen Händen aus dem Holster zu ziehen. Sie war zu benommen, um irgendetwas anderes zu tun, als dazuliegen und vor sich hin zu starren. Im nächsten Moment ging Hagen zu Boden. Grütter hörte jedoch nicht auf, mit dem Spazierstock auf ihn einzuschlagen.

Da nahm Ruth aus den Augenwinkeln eine Bewegung wahr. Eine schlanke Gestalt stürzte von hinten auf den wie wahnsinnig wütenden Kunstsammler zu. Mit beiden Händen hob sie eine wuchtige Vase empor und schmetterte sie mit aller Kraft auf Grütters Hinterkopf.

Das Gefäß zersprang und der Getroffene kippte wie ein nasser Sack zur Seite, rutschte an der Wand hinab und blieb dann reglos liegen.

»Du Idiot!«, schrie die Frau mit erstickter Stimme. »Ich habe dir immer gesagt, dass dein unberechenbarer Jähzorn uns eines Tages zum Verhängnis werden wird!« Sie wandte sich Ruth zu und kniete vor sie hin. »Sind Sie in Ordnung?«, fragte sie besorgt.

Stöhnend fasste sich die Hauptkommissarin an den Kopf. »Viktor war ebenfalls anwesend, als Sie ins Kontor des Fischereibetriebes eingebrochen sind, nicht wahr?« Trotz der hämmernden Kopfschmerzen funktionierte ihr Denkapparat noch sehr gut.

Die Frau nickte bekümmert. »Er ist total ausgerastet, als dieser Nachtwächter plötzlich auftauchte. Er hatte den Rhythmus seiner

Kontrollgänge geändert; meine vorherigen Ausspähaktionen waren also vollkommen umsonst gewesen.« Ihre Lippen bebten. »Ich habe versucht, Viktor aufzuhalten. Aber wenn er einmal in Rage geraten ist, ist er nicht mehr zu stoppen.«

Ruth lächelte schmerzhaft. »Es sei denn, Sie schlagen ihm eine Vase auf den Kopf.«

Die Frau nickte unglücklich.

»Viktor hat Harald Turner auf dem Gewissen ... ist es nicht so?«, hakte Ruth nach.

Die Frau schluchzte trocken auf. »Er hatte herausgefunden, dass Harald und ich eine gemeinsame Nacht in einem Hotel verbracht haben. Er hat diesen armen Burschen einfach erschlagen, nur weil ich mich ihm einmal hingegeben hatte.«

»Und Dirk Eckart?«

Die Frau furchte die Stirn. »Was soll mit dem sein?«

»Hat Viktor Grütter ihn ebenfalls umgebracht?«

Ruths Gegenüber lachte freudlos auf. »Dirk Eckart war ein Künstler. Viktor hat zu viel Achtung vor dieser Sorte von Menschen. Er würde ihnen niemals etwas antun.«

Die Hauptkommissarin wurde gewahr, dass Hagen sich wankend erhob. Er schleppte sich zu Viktor hin und überprüfte seine Vitalwerte. »Sind Sie okay, Ruth?«, rief er herüber.

Die Hauptkommissarin winkte ab. »Das wird schon wieder.«

»Herr Grütter ist bloß bewusstlos«, stellte Hagen fest. »Ansonsten scheint ihm nichts zu fehlen.« Anschließend brauchte er mehrere Anläufe, bis er dem Kunstliebhaber endlich Handschellen angelegt hatte.

»Was wollten Sie beim Atelier von Herrn Sinten?«, richtete Ruth eine weitere Frage an die vor ihr kniende Frau.

»Ich sollte dort die Lage sondieren.« Die Angesprochene erhob sich. »Viktor wünschte, dass ich dort einbreche und das Gemälde stehle, das Herr Sinten und Herr Eckart gemeinsam gemalt hatten. Aber damit ist jetzt Schluss!«

Hagen versuchte, auf die Beine zu kommen, schwankte aber so heftig, dass er sich an der Wand abstützen musste. »Wer ... wer sind Sie überhaupt?«, presste er ächzend hervor.

»Ich habe Ihnen nichts mehr zu sagen.« Blitzschnell wandte sich die Frau um und rannte los. Ruth bekam sie noch am Hosenbein zu fassen, doch ihre Finger waren zu kraftlos und glitten ab. Flink

huschte die Diebin die Treppe hinauf. Hagen versuchte ihr nachzu-
setzen, aber er strauchelte und schlug vor Ruth der Länge nach hin.
Derweil entfernten sich draußen die Schritte der Fremden und
verhallten schließlich.

»Verdammt … sie ist entkommen«, schimpfte Hagen. Mit schmerz-
verzerrtem Gesicht kämpfte er sich auf die Beine, musste sich jedoch
an der Wand abstützen, um nicht erneut zu stürzen.

Ruth nestelte ihr Handy aus der Tasche. »Was wir jetzt brauchen,
ist ein Notarzt. Und Alice soll eine Fahndung nach der Flüchtigen
ausrufen.«

Kapitel 9

Ruth lächelte ihrer Tochter dankbar zu, als diese ihr einen frischen Eisbeutel reichte. Scharf sog sie Luft durch die Zähne ein, während sie den klirrend kalten Beutel gegen die Beule auf ihrem Kopf presste.

Clarissa sah sie mitfühlend an. »Kann ich sonst noch etwas für dich tun, Mama?«, fragte sie.

Ruth deutete auf einen der noch freien Korbsessel auf der Veranda ihres Hauses. »Setz dich. Wir haben was zu bereden.«

Außer Clarissa waren auch Hagen Reese, die Hebamme Dünya Hennings und Alberta Eckart anwesend. Hagen hatte sich von den brutalen Schlägen mit dem Spazierstock inzwischen einigermaßen erholt. Etwas Gutes hatte der Angriff des Kunstsammlers dann aber doch gehabt, denn anhand der Prellungen, die Grütter dem jungen Kommissar beigebracht hatte, konnte bewiesen werden, dass die Verletzungen von Harald Turner und Heinrich Rattay von derselben Schlagwaffe hervorgerufen worden waren. Im Fall des Hehlers hatten diese Schläge sogar zum Tod geführt. Der Nachtwächter aber war inzwischen aus dem Koma erwacht – und er hatte eine Aussage gemacht, die Viktor Grütter zusätzlich belastete. Auch wussten die Ermittler nun, warum Rattay das Kontor betreten hatte, anstatt sofort die Polizei über die Einbrecher zu informieren, die er in jener Nacht entdeckt hatte: Er hatte geglaubt, in der Diebin seine Nichte Susie erkannt zu haben. Sie war auf die schiefe Bahn geraten, und Rattay befürchtete, dass sie sich nun zu einem Einbruch ins Kontor des Fischereihändlers hatte hinreißen lassen. Er wollte sie zur Rede stellen und erkannte zu spät, dass er sich getäuscht hatte. Bei der Diebin hatte es sich nicht um Susie, sondern um eine ihm fremde Person gehandelt. Bevor er reagieren konnte, stürzte sich Grütter auch schon auf ihn, um ihn mit seinem Spazierstock zu traktieren.

Weiteres belastendes Beweismaterial wurde während der Durchsuchung von Grütters Villa in Bremen gefunden. Neben dem Fischstillleben entdeckten die Ermittler dort noch andere als gestohlen geltende Kunstwerke. Von der hübschen Diebin fehlte allerdings nach wie vor jede Spur. Wer sie war, wollte Grütter den Ermittlern nicht verraten. Während der Verhöre hatte er sich äußerst schweigsam und verschlossen gegeben und seinem Anwalt das Reden überlassen. Dennoch würden die Beweise ausreichen, um ihn wegen

Mordes, versuchten Mordes und Anstiftung zu schweren Straftaten zu verurteilen. Der Angriff auf zwei Polizeibeamte würde das Strafmaß zusätzlich noch einmal um mehrere Jahre erhöhen …

Ruth wandte sich Alberta zu. Dirk Eckarts Tochter wirkte unglücklich; nervös strich sie mit den Händen über ihren prallen Bauch.

»Ich habe etwas für Sie«, sprach Ruth die Schwangere an.

»Ach ja?«, giftete Alberta. »Haben Sie endlich herausgefunden, wer meinen Vater ermordet hat? Oder glauben Sie dieser Diebin immer noch, die behauptet, dass dieser Viktor nichts mit dem Tod meines Vaters zu schaffen hat?«

Ruth atmete tief durch, griff unter ihr Jackett und zog ein Kuvert daraus hervor. »Diesen Brief hat Malte Sinten mir ausgehändigt.« Sie reichte Alberta den Umschlag. »Es ist der Abschiedsbrief Ihres Vaters. Herr Sinten hatte ihn damals in der Tasche des Erhängten gefunden und an sich gebracht. Er wollte verhindern, dass die Polizei das Schriftstück fand. Seitdem verwahrte er es hinter dem Gemälde, das er zusammen mit Ihrem Vater gemalt hatte.«

Mit zitternden Fingern öffnete Alberta den Umschlag, zog den Brief hervor und las. Ihre Lippen bewegten sich lautlos. Tränen stiegen ihr in die Augen. Die salzigen Tropfen kullerten ihr Gesicht herab und tröpfelten auf die Rundung ihres Bauches.

»Mein Vater … er hat wirklich Selbstmord begangen«, schluchzte sie, nachdem sie den Brief bis zum Ende gelesen hatte. Sie sah Ruth mit tränennassen Augen an. »Er schreibt, er habe es nicht verkraftet, dass wegen seiner Fälschung ein Mensch – dieser Harald Turner – ermordet wurde.«

Clarissa hob erschreckt die Hand vor den Mund. »Aber … deswegen wurde Herr Turner gar nicht umgebracht!«

Alberta nickte schluchzend. »Er wurde von Viktor Grütter aus Eifersucht getötet, weil er ein Techtelmechtel mit dessen Freundin gehabt hatte.« Sie schlug die Hände vors Gesicht und weinte krampfhaft. Dass der Abschiedsbrief ihres Vaters dabei verknitterte und nass wurde, bemerkte sie gar nicht. »Mein Vater hat aufgrund einer falschen Annahme Suizid begangen«, klagte sie.

Dünya beugte sich vor und legte die Hände auf die Knie der Schwangeren. »Jetzt kennst du die Wahrheit, Alberta. Auch wenn es schmerzt … du musst jetzt nach vorne blicken.«

133

Alberta ließ die Hände auf ihren Bauch sinken und nickte gefasst. »Es ist immerhin ein Trost, dass Viktor Grütter, der Mann, der für all dies verantwortlich ist, den Rest seines Lebens im Gefängnis verbringen wird.«

»Worauf Sie sich verlassen können.« Ruth lehnte sich in ihren Sessel zurück und rückte den Eisbeutel auf ihrem Kopf zurecht. »Und Sie können sich rühmen, zur Ergreifung dieses Mörders beigetragen zu haben.« Sie wandte sich ihrer Tochter zu. »Dass wir ihn haben dingfest machen können, ist nicht zuletzt auch dein Verdienst, meine Liebe. Wenn dir diese Fremde nicht als verdächtig erschienen wäre, hätten wir Viktor Grütter womöglich nicht überführen können.«

Ein stolzer Ausdruck huschte über Clarissas Gesicht. »Langsam verstehe ich, was dich an deinem Beruf so sehr fasziniert, Mama. Und ich begreife, dass du trotz allem eine gute Mutter für mich gewesen bist.«

Ostfrieslandkrimi-Empfehlungen
des Klarant Verlages

Kennen Sie auch schon den ersten Band der Ostfrieslandkrimi-Serie **»Polizei Greetsiel ermittelt«** von Jan Olsen?

»Die Leiche im Watt«, Band 1
Taschenbuch-ISBN: 978-3-96586-460-3
eBook-ISBN: 978-3-96586-386-6

Eine Leiche im Watt!
Wer ist der Tote mit dem blau-weiß gestreiften Hemd, der ermordet im Schlick liegt? Die Identität des Mannes zu ermitteln, gelingt den neuen Greetsieler Kommissaren Ruth Fasan und Hagen Reese schnell, denn das Boot des Fischers Christian Hellmann ist nicht von der Fangfahrt in dieser Nacht zurückgekehrt. Der tote Fischer galt als störrischer Eigenbrötler, der mit seiner Art manchmal aneckte, aber reicht das für ein Mordmotiv?
Nach und nach finden die Greetsieler Ermittler heraus, dass mehrere Personen im Umfeld des Opfers offenbar einiges zu verbergen haben. Vorwürfe des illegalen Fischfangs stehen im Raum, und auch Christian Hellmanns Verhältnis zu seinem Bruder wirft Fragen auf. Hat eine ungerechte Verteilung der Erbschaft zur Eskalation zwischen den Brüdern geführt? Mysteriös ist auch der Umstand, dass die Polizei erst durch ein Video auf die Leiche aufmerksam wurde. Und aus irgendeinem Grund wollte jemand, dass die Ermittler genau wissen, wo sich das Opfer befindet …

»Die Leiche im Deichhaus«, Band 2
Taschenbuch-ISBN: 978-3-96586-526-6
eBook-ISBN: 978-3-96586-527-3

Klarant Verlag

Lernen Sie die Ostfrieslandkrimi-Titel des Klarant Verlages kennen und besuchen Sie uns im Internet unter:

www.ostfrieslandkrimi.de

und

www.klarant.de

Sie können dort Näheres über unsere Autorinnen und Autoren erfahren, viele weitere interessante Bücher und eBooks finden und Leseproben herunterladen. Mit dem kostenlosen Newsletter auf

www.ostfrieslandkrimi-lesen.de

erhalten Sie aktuelle Informationen rund um das Verlagsprogramm, wie beispielsweise spannende Neuerscheinungen und Gewinnspiele.